책 읽기가 힘든 청소년을 위한 문해력 처방

만만한 독서

생애 가을 **05**

만만한 독서

발행일	2024년 7월 6일
지은이	이윤숙 강윤성 이지현
펴낸이	최혜정
펴낸곳	도서출판 생애
출판등록	2019년 9월 5일
	제377-2019-000077호
주소	수원시 팔달구 권광로 373
메일	saengaebook@naver.com
디자인	(주)디자인집 02-521-1474
ISBN	979-11-981125-4-5

책 읽기가 힘든
청소년을 위한
문해력 처방

이윤숙 강윤성 이지현

생각

책 읽기가 힘든 청소년들에게

읽기는 학습의 기본입니다. 읽는다는 것은 이해하는 것이고, 학습은 그 이해를 바탕으로 이루어지기 때문입니다. 이렇게 말하고 보니 갑자기 '읽기'가 싫어질 거라는 생각이 듭니다. '만만한 독서'라고 해서 펼쳐 든 책이 또 공부 이야기로 이어지고 있으니까요. 사실 머릿속에서 문자 하나하나를 이어 의미를 만들어 가는 과정은 쉽지 않습니다. 읽어도 무슨 말인지 이해할 수 없는 경우도 있지요. 열심히 교과서를 읽고 공부를 잘하게 되더라도 책 읽기는 쉽지 않을 수 있습니다.

청소년들이 독서 수업을 해야겠다고 생각하는 경우는 학습에 문제가 생겼을 때입니다. 교과서 내용을 제대로 파악하지 못해 시험 점수가 떨어지거나 스스로는 잘 모르지만 선생님들로부터 시험 점수 하락의 원인을 '읽기'라고 들었을 때입니다. 또 수능 국어 문제에서 읽어야 할 지문의 양이 엄청남을 보았을 때도 읽기를 고민합니다. 그제야 읽기는 해도 되고 안 해도 되는 선택의 문제가 아니라 학습을 위해 필수임을 알게 됩니다.

그렇다면 어떻게 읽어야 할까요?

이 책에서는 그 길을 안내합니다. 읽기의 '비법 전수'라고 생각하면 되겠네요. 읽기 비법의 핵심은 글의 특성에 적합한 읽기 전략과 단계입니다.

『만만한 독서』에서는 정독이나 완독을 강요하지 않습니다. 독자의 선택이 중심이 되는 자유롭고 쉬운 읽기에서 시작해 단계를 올라가며 심층독서로 나아갈 수 있도록 구성하였습니다. 또 청소년이 쉽고 재미있게 읽을 수 있는 책을 선정하여 읽기 전략을 직접 보여줍니다. 설명하고 있는 내용을 찬찬히 따라가다 보면 다양한 읽기 전략과 아이템을 사용할 수 있을 것입니다. 어떤 전략들인지 잠깐 살펴볼까요?

이 책에서 소개하는 읽기 전략은 6단계입니다.

첫 번째 읽기 전략은 '뻔뻔하게 골라 읽기'입니다. 자신이 관심 가는 내용만 읽는 것이지요. 관심 가는 내용의 선정은 '목차와 추천사 도움 받기' 등을 방법으로 제시하였습니다.

두 번째는 '개념을 파악하는' 읽기 전략입니다. 맥락을 통해 개념을 파악하며 글을 이해하는 방법으로 주로 비문학에 적용되는 전략입니다. 셋째는 '감정선 따라 읽기'입니다. 소설에서 감정을 나타내는 단어를 찾아 사건을 파악하는 방법입니다. 넷째 '발품 팔아 읽기'는 배경지식이 필요한 작품 읽기에 해당합니다. 다섯째 '퍼즐 맞추며 읽기'는 우리가 놀이로 사용하는 퍼즐 맞추기를 읽기 방법으로 적용시켜 본 것입니다. 작품에서 서술자나 시점 등이 바뀌거나 역순행적으로 서술되는 경우에 조각난 이야기를 맞추기 위해 필요한 전략입니다. 마지막 여섯째는 '꼬리 물어 읽기'입니다. 읽기 단계 중 가장 높은 단계로 '신토피컬 독서'라고도 합니다. 이 읽기 전략은 다른 책과 비교 분석하며 심층적이고 다각적인 이해를 하기 위한 전략입니다.

이러한 읽기 전략이 3장에서는 '책이 아닌 텍스트 읽기'로 이어집니다. 그림, 영화, 디지털 매체 중에서 여러분이 쉽게 접할 수 있는 작품을 선정하여 읽어보았습니다. 다매체 시대에 텍스트 읽기 중 디지털 매체 읽기는 특히 중요합니다. 쉽고 편리하게 접근할 수 있도록 열려 있는 매체이기에 읽기 자료의 특성이나 읽기 목적에 따라 다양한 텍스트를 접할 수 있고, 그만큼 기호에 맞는 텍스트를 선택할 수 있어 매체가 개인에게 주는 영향이 커지기 때문입니다. 디지털 매체 읽기의 텍스트는 여러분이 좋아하는 웹툰으로 제시하였습니다.

이 책의 모든 읽기 전략은 오랫동안 청소년들과 함께한 독서 수업을 토대로 만들어졌습니다. 그래서 여러분과 눈높이를 맞추어, 읽기라는 부담에서 벗어나 주어진 텍스트를 효과적으로 읽을 수 있도록 돕고 있어요. '인간성의 핵심은 읽기를 통한 사고와 공감의 깊이에 달려 있다.'라는 말이 있습니다. 이 책을 통해 여러분이 학습뿐만 아니라 스스로 생각할 줄 아는 사람으로 성장할 수 있기를 바랍니다.

차 례

들어가며 _ 책 읽기가 힘든 청소년들에게 ┄┄┄┄┄┄┄┄ 05

1장. 즐거운 읽기를 위한 준비

1. 책을 읽는다는 것은 ┄┄┄┄┄┄┄┄┄┄┄┄┄┄ 13

2. 읽기에도 레벨업이 필요해 ┄┄┄┄┄┄┄┄┄┄┄ 27

2장. 읽기 레벨업을 위한 6단계 전략

1. 뻔뻔하게 골라 읽기 ┄┄┄┄┄┄┄┄┄┄┄┄┄ 43
   - 처음부터 끝까지 다 읽을 필요 없어

2. 개념 파악하며 읽기 ┄┄┄┄┄┄┄┄┄┄┄┄┄ 63
   - 어휘의 개념을 알면 글이 쏙쏙

3. 감정선 따라 읽기 ┄┄┄┄┄┄┄┄┄┄┄┄┄┄ 79
   - 인물의 감정을 따라가면 사건의 전개가 보여요

4. 발품 팔아 읽기 ┄┄┄┄┄┄┄┄┄┄┄┄┄┄┄ 95
   - 아는 만큼 보여요

5. 퍼즐 맞추며 읽기 ┄┄┄┄┄┄┄┄┄┄┄┄┄ 115
   - 예측하며 읽기

6. 꼬리 물어 읽기 ┄┄┄┄┄┄┄┄┄┄┄┄┄┄ 133
   - 주제를 관통하며 읽기

3장. 매체 텍스트 읽기

1. 그림 읽기 ┄┄┄┄┄┄┄┄┄┄┄┄┄┄┄┄┄ 151

2. 영화 읽기 ┄┄┄┄┄┄┄┄┄┄┄┄┄┄┄┄┄ 169

3. 디지털 매체 읽기 ┄┄┄┄┄┄┄┄┄┄┄┄┄ 189

나가며 ┄┄┄┄┄┄┄┄┄┄┄┄┄┄┄┄┄┄┄┄┄┄┄ 201

찾아보기 ┄┄┄┄┄┄┄┄┄┄┄┄┄┄┄┄┄┄┄┄┄┄ 205

* 책 본문 속 번호의 비밀은 '찾아보기'를 참고하세요.

1장. 즐거운 읽기를 위한 준비

책을 읽는다는 것은

책을 읽는다는 것은 어떤 의미일까요?

독서에 대한 개념은 단순히 '책을 읽는다'는 좁은 의미에서 '저자의 글이 독자의 뇌에서 재생되고 재구성되는 의사소통 과정'이라는 넓은 의미까지 다양합니다. 이러한 독서의 개념은 크게 세 가지로 정리할 수 있습니다.

첫째는 독서를 단순히 글의 의미를 파악하는 과정이라고 보는 견해이고, 둘째는 글의 의미 파악은 물론이고 저자의 생각과 감정까지 파악하는 과정이라 보는 것입니다. 그리고 셋째는 글의 이해는 물론이며 독자가 자신의 지식과 경험을 바탕으로 글을 읽고, 분석하고, 추론하고, 판단하여, 자기만의 해석에 이르는 사고 과정을 거치는, 저자와 독자 사이의 의사소통 과정이라고 보는 견해가 있습니다. 이 세 번째 개념이 우리가 염두에 두어야 할 견해입니다. 이런 독서 과정을 거치면서 독자는 책 속의 내용에 영향을 받아 자신의 의식 세계를 바꾸고, 책 속의 내용을 재구성하여 새로운 의미를 창조할 수 있기 때문입니다. 이렇게 독서를 통해 저자와 만나 얻는 의미 창조는 인문학은 물론 다른 다양한 분야에서도 창의적으로 적용될 수 있어서 결국 우리의 삶을 풍요롭게 하는 데 큰 역할을 할 것입니다.

독서에는 읽는 것 자체가 목적인 독서와 읽는 것이 수단이 되는 독서가 있습니다. 읽는 것 자체가 목적인 독서는 우리에게 즐거움을 주는 독서로 문학작품 읽기를 예로 들 수 있습니다. 또 수단으로 활용되는 독서는 특별한 목적을 가지고 책을 읽는 것으로 지식이나 정보 등을 얻기 위해 과학, 경제, 상식 등을 다루는 비문학 책을 읽는 것을 말합니다. 이렇듯 독서는 여러 이유로 우리의 삶에 중요한 역할을 합니다.

단순히 지식과 정보를 습득하는 읽기도 필요하지만, 저자의 생각을 공유하는 읽기도 중요합니다. 글 속의 어휘나 문장을 읽고 이해하는 행위에서 나아가 글 전체의 내용을 종합적으로 해석하고, 숨겨진 저자의 의도까지 파악해 내는 것이니까요. 이런 독서 과정에서 저자와 독자는 서로 대화를 나눌 수 있으며, 생각과 사상을 교류할 수 있습니다.

그래서 우리는 책을 읽을 때 독자로서 좀 더 적극적인 자세가 필요합니다. 예를 들어 글을 읽다가 내 생각과 다른 부분을 만나면 밑줄을 긋고, 옆에 자신의 생각을 메모해 둡니다. 또 내가 알고 있던 것과 다른 내용도 표시해 둡니다. 이렇게 하면 저자의 생각과 내 생각을 비교해 볼 수 있고, 책을 읽고 나서 자기 생각이 어떻게 바뀌었는지도 알 수 있지요. 또 저자에게 질문하며 글을 읽어 봅니다. 저자의 생각에 의문이 들거나 등장인물의 말과 행동이 이해되지 않을 때, 저자가 왜 그런 생각을 하는지 텍스트를 통해 적극적으로 찾아보며 저자의 생각과 교류하며 읽습니다.

이러한 읽기는 뇌의 시각, 언어, 인지를 담당하는 부위의 끊임없는 협업으로 이루어지는 고차원적 행위입니다. 읽기 위해서는 일단 보아야 하고, 우리가 본 물체를 이해할 수 있는 기표(문자처럼 의미를 전달할 수 있는 외적 형식)를 알아야 하고, 그 기표를 해석할 기의(의미)를 가지고 있어야 해요. 즉, 책을 읽기 위해서는 글자를 보아야 하고, 그 글자가 가진 기표-기의(상징 체계)를 이해해야 하며, 그 체계가 담고 있는 뜻을 인지 영역에서 처리해야 합니다. 우리가 알아채지 못할 만큼 짧은 시간에 이 3단계가 처리되는 과정이 읽기입니다.

우리가 책을 읽기 어렵다고 느끼는 것은 단순히 글자 자체가 너무 크거나 작아서 느껴지는 시각적 불편함을 뜻하는 것일 수도 있지만, 언어의 상징 체계를 이해하지 못하는 것일 수도 있어요. 또 상징 체계까지는 이해했지만, 배경지식이 부족해 인지 영역에서 더 나아가지 못하는 상태일 수도 있습니다.

하지만 걱정하지 마세요.

『책 읽는 뇌』의 저자 메리언 울프에 따르면 독서는 선천적인 능력이 아니라고 해요. 독서는 인류가 발명해 낸 발명품이고, 독서를 통해 인간은 뇌 조직을 재편성하고 그렇게 재편성된 뇌는 인간의 사고 능력을 확대하고, 결국 인지 발달 과정을 바꾸어 놓는다고 합니다.

이처럼 우리의 뇌가 어떤 외부 자극에 의해서 변화되는 거라면 책을 꾸준히 읽을수록 책 읽기에 적합한 뇌로 바뀌고, 독서 능력도 만랩을 찍는 날이 올 테니까요. 우리에게 중요한 것은 책의 내용을 소유하고, 소비하는 것만이 아니라 읽기를 자신의 성장과 발전의 원동력으로 만드는 것입니다. 독서를 통해 세상을 이해하고 그것을 자기의 삶에 적용하여 스스로 성장하는 것이야말로 제대로 된 읽기라고 할 수 있습니다.

왜 읽어야 할까요?

어려서부터 부모님이나 선생님께 '책 좀 읽어라.'라는 말을 자주 들어왔을 거예요. 어른들은 왜 책을 읽으라고 할까요? 학교로, 학원으로, 해야 할 숙제도 많고, 풀어야 할 문제, 외워야 할 것들도 많아서 시간도 없고 바쁜데 말이죠. 잠깐씩 쉬는 시간에는 SNS도 하고, 유튜브도 봐야 하고, 게임 같은 걸 하는 게 더 재밌는데 말이에요.

맞아요. 저도 지금의 환경에서 학창 시절을 보낸다면 책보다는 휴대폰을 쥐고 살았을 것 같긴 해요. 자극적이고 재미있는, 우리를 유혹하는 콘텐츠가 너무 많고, 손쉽게 접근할 수 있으니까요. 다양한 디지털 매체가 가까이 있고, 명령어만 입력하면 AI가 글도 써주고 그림도 그려주는 시대에 책이 아니더라도 우리가 필요한 정보를 습득할 길은 널려있으니까요. 이런 현실에서 독서가 왜 중요한지, 왜 필요한지 의문을 품게 되는 건 당연합니다.

물론 유튜브, 웹툰, SNS 등 일상에서 쉽게 접하는 매체들에도 좋은 자료가 있어요. 하지만 이런 매체의 정보들은 특유의 형상화 방식이나 짧은 분량 때문에 생각의 단서가 될 수는 있지만 사유를 깊게 하고, 확장하는 데는 부족함이 있어요. 예를 들어 볼게요. 우리 앞에 글자 카드가 하나 있어요. 그 카드에는 '나무'라고 쓰여 있습니다.

나무

이 글자를 보고 무엇이 떠오르나요? 커다란 소나무가 떠오를 수도 있고, 가지가 앙상한 겨울 자작나무를 떠올릴 수도 있겠죠. 혹은 꽃을 가득 피운 벚나무를 생각하는 사람도 있을 거고, 큰 나무인지, 작은 나무인지, 꽃이 피었는지, 열매가 열렸는지 상상의 나래를 펴며 생각하는 사람도 있겠지요. 그러면 이 사진은 어떤가요?

이렇게 '짠'하고 이미지를 보여주면 이런저런 생각을 할 필요가 없어집니다. 너무 명확하게 노랗게 물든 잎을 가득 안고 있는 커다란 은행나무를 보여주니까요. 애써 생각하지 않아도 되고 너무 편하겠죠? 그래서 우리가 사진이나 영상에 점점 익숙해지고 빠져드는 거예요. 그리고 점점 생각하지 않는 사람이 되어가는 거죠. 독서가 중요한 이유는 스스로 생각하는 힘을 기를 수 있기 때문입니다.

독서는 우리를 '사고하게' 합니다. 체계적이고, 좋은 글을 읽음으로써 다른 매체를 통해 습득한 정보를 취사, 선택, 편집할 수 있게 합니다. 넘쳐나는 지식과 정보 중에서 나에게 필요한 것이 무엇인지 판단하기 위해서 독서는 '필수'입니다. 독서는 우리가 얻은 단편적인 지식과 정보를 체계적으로 조합하고, 비판적으로 검토할 수 있는 능력을 키워 준다는 점에서 고차원적인 활동이라 할 수 있습니다.

우리는 책을 읽음으로써 저자와 대화하고, 저자가 제시하는 삶의 지혜를 배울 수 있습니다. 글로 표현된 저자의 생각을 읽으며, 자신의 사고와 비교하고, 공감하고, 반발하기도 합니다. 이런 읽기의 과정을 거치면서 내 앞에 닥친 문제에 대한 자기의 생각을 정리하고, 스스로 해결할 수 있는 힘이 생기고, 자신과 타인을 이해하게 됩니다.

우리의 경험을 넓힌다는 점에서도 독서는 필요합니다. 독서는 우리가 직접 경험할 수 없는 세계로 시공간을 확장하여 간접적인 경험을 할 기회를 주니까요. 물론 직접 경험을 많이 하면 좋겠지만, 우리가 살면서 할 수 있는 경험의 폭은 생각보다 좁습니다. 독서는 오랜 과거나 먼 미래 세계로 우리를 데려가기도 합니다. 그곳에서 우리는 새로운 환경을 만나고, 낯선 사람들과 소통하기도 합니다. 이러한 간접 경험을 통해 다양한 사회의 가치나 문화를 배우고, 공동체와 개인의 삶에 관해 고민할 수 있습니다.

독서는 우리의 인성과 가치관 형성에도 많은 영향을 주기 때문에 중요합니다. 어릴 때 읽은 책 한 권, 글 한 줄로 인해 인생의 목표와 삶의 가치관이 결정되기도 하니까요. 책이 전하는 가치관과 사상 등을 찾아내어 자기의 삶에 기초로 삼을 수도 있고, 이를 바탕으로 자기만의 인생관이나 세계관을 세울 수도 있습니다.

독서가 사회적 가치를 지닌다는 점도 주목해야 합니다. 책은 그 자체로 인류의 문명과 문화를 계승, 창조, 발전시키는 수단이 됩니다. 책과 같은 기록 유산이 없다면 지식과 기술을 후대로 전승하기 어렵겠지요. 또한, 책은 한 사회의 유대감과 결속력을 강화하는 역할을 하기도 합니다. 사람은 책을 읽음으로써 사회에서 통용되는 언어, 사상, 신념, 가치관 등을 배웁니다. 더불어 서로의 생각을 공유하고, 비교·개선하며 발전시킬 수 있습니다.

이렇게 우리가 책을 읽어야 하는 까닭은 수도 없이 많습니다. 사람마다 다른 이유도 있을 거고요. 하지만 그 많은 독서의 이유 중에서 가장 근본적이고 중요한 이유는 바로 '즐거움'이 아닐까요? '독서삼매경'에 빠지는 가장 큰 이유는 책 속 이야기의 '재미'를 맛보았기 때문입니다. 재미는 스스로 독서하는 습관을 기르는 데도 큰 역할을 합니다. 그리고 또다른 독서의 즐거움은 '독서'라는 행위 자체를 통해 스트레스를 풀고, 심신의 안정을 얻는 것입니다.

어떻게 읽을까

책을 많이 읽으라고만 하지 어떻게 읽어야 하는지에 대해 알려주는 경우는 드문 듯합니다. 책은 어떻게 읽어야 할까요? 어떻게 읽는 것이 잘~~ 읽는 것일까요?

정독, 다독, 완독, 속독 등등 많은 읽기 방법이 있습니다. 그런데 솔직히 말하면 정답은 없습니다. 어떤 방법도 맞거나 틀렸다고 단정 지을 수 없어요. 다만 글이나 책에 따라 좀 더 '효율적인 읽기 방법'이 있지요. 이 방법을 알면 읽기가 좀 더 쉽고 재미있어집니다.

책을 많이 읽는 '다독'이 목표가 되는 읽기는 별로 바람직하지 않습니다. 한 달에 몇 권, 일 년에 몇 권 읽기. 이런 식으로 목표한 권 수를 채우기 위해 무리해서 책을 읽을 필요는 없답니다. 세상에 책이 얼마나 많은데 우리가 그 책을 다 읽을 수도 없을뿐더러 그럴 필요도 없습니다. 내가 관심 있고, 재미있다고 느끼는 책만 골라 읽기에도 인생은 너무 짧아요. 책에는 저자의 생각이나 감정, 다양한 지식과 정보가 들어있어요. 우리는 그중에서 내게 맞는 것을 골라 즐기면 되는 겁니다.

유치원, 초중고의 과정을 거치며 연령별, 학년별로 꼭 읽어야 하는 책들을 권장 도서 또는 필독서라는 이름으로 추천받고, 읽기를 강요당하기도 합니다. 교과서에 나온 작품이거나 대입 시험에 나온다거나 하는 이유로요. 가끔 이런 추천 도서들을 꼭 읽어야 하는지 질문을 받습니다. 대답은 '아니오'입니다. 말 그대로 이 책들은 청소년기에 읽으면 성장에 도움이 될 것 같으니 읽기를 추천하고 권장한다는 것이지 꼭 읽을 필요는 없습니다. 50권, 100권씩 늘어선 목록들을 살피다 보면 이 책들을 추천한 사람들은 다 읽었을까하는 의문이 들기도 합니다. 권장 도서 목록을 쭉 살펴보고 관심이 가거나 재미있을 것 같은 책만 골라 읽으면 됩니다.

권장 도서 목록에 올라 온 책들은 대부분 오랫동안 읽혀온 스테디셀러들이기 때문에 그 가치를 인정받은 책들입니다. 세상의 많은 책을 우리가 다 살펴보고 선택하기에는 시간도 많이 들고, 정보도 부족합니다. 권장 도서를 꼭 읽어야 하는 것은 아니지만 어떤 책을 읽을지 고민이라면 권장 도서 목록을 적극 활용하는 것도 좋은 방법이라고 생각합니다.

완독의 경우도 마찬가지입니다. '책은 처음부터 끝까지 읽어야, 읽었다고 할 수 있다.'라는 고정관념에서 벗어날 필요가 있습니다. 물론 완독이 필요한 경우도 있고, 꼭 완독하고 싶은 책이 있기도 하죠. 소설의 경우 마지막 문장에서 반전이 있는 책도 있습니다. 그래서 끝까지 읽는 것을 권합니다. 또 책 모임이나 수업 필독서 같은 경우에는 완독이 필요합니다. 독서 모임을 위한 책은 완독해야 적극적으로 토론에 참여할 수 있고, 다른 사람의 의견도 비판적으로 수용할 수 있답니다. 수업 필독서나 공부와 관련된 원론서 등도 완독이 필요한 경우입니다. 하지만 모든 책을 꼭 완독해야 한다는 것은 아닙니다. 어려운 부분은 과감히 건너뛰고, 필요한 부분만 골라 읽어도 괜찮아요. 실제로 많은 다독가가 이런 방법으로 책을 읽기도 합니다. 골라 읽기가 대충 읽는다는 의미는 아닙니다. 나에게 필요하고, 흥미를 끄는 부분을 골라서 정독하는 읽기로 주로 비문학 책을 읽는 방법입니다.

나와 맞지 않는 책, 어렵고, 재미없는 책을 억지로 읽다가 완독에 실패하고 자책하는 것보다는 과감하게 책장을 덮거나 건너뛰는 편이 낫습니다. 완독에 대한 집착과 부담감이 오히려 책과의 거리를 멀어지게 하니까요. 다독이든 완독이든 읽고 있는 책이 나에게 즐거움을 준다면 일단은 성공한 독서라고 생각합니다.

요즘엔 종이책을 읽는 것보다 디지털 매체를 통한 읽기가 더 선호되기도 합니다. 책이나 라디오 등과 같은 중심 매체가 텍스트와 영상을 결합한 유튜브나, 인스타그램 같은 새로운 미디어로 교체되고 빠르게 진화하고 있습니다. 이러한 매체는 독자가 힘들여 무엇을 하지 않아도 쉽게 잘 편집된 영상으로 다양한 스토리를 보여주고 들려줍니다.

이것이 너무 편하고 쉬우니까 독자는 모르는 사이 빠져들게 되는 것 같아요.

반면에 책은 문자로만 전달되기 때문에 그것을 듣고 보는 독자가 뇌에서 내용을 조합하고 재구성해야 합니다. 굉장히 불편할 것 같지만 이것이 책을 읽는 즐거움이기도 하지요. 책을 읽을 때 그 문자가 전하는 내용을 이해하려면 우리는 형상화의 단계를 거치게 되는데 그 과정이 주는 즐거움이 아주 크거든요. 경험해 보지 못한 상황이나 현재에 없는 것을 상상 속에서 만들어 낼 수 있으니까요.

형상화는 우리가 책을 읽을 때 읽은 내용을 머릿속에서 상상하여 이미지를 떠올리고 구체화하여 한 장면을 만들어 내는 과정을 말합니다. 읽지 않고, 보고 듣기만 하는 사람은 누군가가 상상하는 단계를 이미 마친 영상물만 보기 때문에 상상력을 기르는 과정이 생략된 채 살아갈 수밖에 없어요. 그럼 어떻게 읽어야 할까요?

언어학자 나오미 배런은 『다시 어떻게 읽을 것인가』에서 이제 매체를 선택하기보다는 매체별로 효과적인 읽기 방법을 익혀야 한다고 합니다. 종이책이든 전자책이든 오디오든 영상이든 각 매체는 고유의 색깔과 렌즈를 가진 안경과 같으니, 뇌에 어떻게 작용하는지, 장점과 단점은 무엇인지 이해하고 최대한 '읽는 뇌'를 잃지 않고 보완하는 방식을 찾아 효과적으로 읽어야 한다고 말합니다.

먼저 디지털 매체에만 익숙해지지 않도록 종이책과 전자책을 함께 읽는 노력이 필요하겠죠. 책을 읽는 목적이 무엇인지 분명히 인식해야 합니다. 그래야 읽기 방법을 선택할 수 있으니까요. 목적에 맞는 종이책이나 e-book, 영상 등 읽기 매체를 선택해야 합니다. 그리고 선택한 매체의 장점을 살릴 수 있는 노력을 해야 합니다. 종이책이든 전자책이든 오디오든 영상이든 집중해서 잘 읽어야 합니다. 우리가 읽는 모든 것이 우리 자신을 만들기 때문입니다.

많이 읽고, 많이 배우는 것도 중요하겠지만, 좋은 작품을 자유의지로 선택하고 가까이 두고 자주 읽는 것이 더 중요합니다. 읽기는 다른 사람들이 꿈꾸고 원했던 세계를 알아채고, 우리의 삶과 연결하고, 공감하는 관계 맺기입니다. 읽는다는 것이 우리의 삶에 기쁨과 풍요를 주는 데 도움이 되도록 해야 합니다. 읽는다는 것에 대한 나만의 개념과 기준을 세우면 읽기의 대상이 무엇이든 그 만남이 두렵지 않고, 설레게 될 것입니다.

읽기에도 레벨업이 필요해

책과 스마트폰의 공통점

잠자리에 누웠을 때 누군가는 책을 펴들기도 하고 누군가는 스마트폰을 들여다보기도 합니다. 누군가는 밤을 새워 책을 읽기도 하고 누군가는 늦은 밤까지 스마트폰을 보며 온라인 게임과 SNS, 그리고 유튜브의 알고리즘에서 헤어 나오지 못하기도 합니다. 왜 그럴까요? 간단합니다. 재미있기 때문이죠.

16세기 유럽에 독서 열풍을 불러왔던 세르반테스의 『돈키호테』나 조선 후기 뭇 백성들의 마음을 빼앗았던 『춘향전』의 흥행비결도 바로 '재미'였습니다. 어딘가 모자라지만 엉뚱하고 정의로운 돈키호테가 세상과 맞짱 뜨며 일으키는 사건들을 통해 그 시대 유럽인들은 웃음과 눈물과 통쾌함을 경험했습니다. 신분을 초월한 사랑 이야기인 『춘향전』은 신분 질서가 흔들렸던 조선 후기의 시대상을 보여줄 뿐만 아니라 지금 봐도 얼굴이 화끈거릴 정도의 야한 묘사로 당대 사람들의 관심을 끌 수 있었습니다. 어떻습니까? 우리가 스마트폰을 내려놓지 못하는 이유와 동일하지 않습니까?

그렇다면 이제 우리가 책을 읽기 힘들어하는 이유도 분명해집니다. 책이 스마트폰과의 재미 경쟁에서 지고 있기 때문이지요. 스마트폰 세상이 책보다 훨씬 즉각적이고 감각적인 재미를 주는 것은 분명한 사실입니다.

그래서 여러분에게 스마트폰을 내려놓고 책을 집어들라고 강요할 수가 없어요. 강요는 여러분들에게 책의 재미를 알려주는 방법 중에 가장 나쁜 방법이니까요. 당장은 책을 읽게 만들 수 있을지 모르지만 결국 그런 방식은 책을 싫어하게 만들겠지요. 우리는 재미있는 것을 못하게 하면 기어이 몰래라도 해야 하는 족속이지 않습니까! 심지어 몰래 하면 더 재미있으니 그야말로 스마트폰에 대한 사랑을 더욱 강화하는 꼴이 되어버릴 수 있습니다. 그렇다면 어떻게 해야 책의 경쟁력을 높일 수 있을까요?

책이 스마트폰에 밀리는 가장 큰 이유는 어디에서나 쉽게 폈다 쉽게 덮을 수 없다는 고정관념 때문입니다. 왠지 책을 읽으려면 적당한 장소에서 시간적 여유가 있어야 할 것 같고, 자신의 읽기 능력과 관계없이 완독과 정독을 목표로 해야 할 것 같지 않았나요? 우리는 유독 독서 앞에서만 완벽주의자가 되는 것 같습니다. '제대로' 읽을 수 없다면 아예 시작도 하지 않는 독서 완벽주의자 말입니다.

아마 온라인 게임도 이렇게 처음부터 다짜고짜 잘하는 사람들 사이에서 제대로 하라고 구박받으며 하면 재미가 반감될 것입니다. 하지만 독서와 달리 온라인 게임은 연습게임부터 차근차근 시작해서 무수한 실패를 겪으며 레벨업을 할 수 있습니다. 언제든 가볍게 시작할 수 있고 도중에 멈추면 팀원에게는 욕을 먹지만 어른들에게는 칭찬을 듣죠. 자신의 캐릭터가 도중에 죽어도 심지어 게임에서 지더라도 괜찮습니다. 언제든 다시 시작할 수 있으니까요. 그렇게 게임을 계속 하다보면 실력도 늘고 아이템도 늘고 레벨업도 됩니다. 이 쾌감이 게임을 계속하게 만드는 원동력입니다.

책 읽기에도 이런 레벨업이 있습니다. 독서도 가볍게 시작할 수 있습니다. 책의 종류와 관계없이 책장을 넘겨보는 것은 어려운 일이 아닙니다. 잘 모르는 내용은 넘어가도 됩니다. 잘 보이는 부분만 골라 읽어보세요. 그래도 흥미가 생기지 않는다면 덮어버리면 되니까요.

우리는 책의 무게에 눌리면 안 됩니다. 중요한 것은 멈추지 않고 책장을 들춰보는 것입니다. 그러면 예전에는 이해되지 않았던 내용이 이해되고 그 안에서 재미까지 찾아내는 수준이 될 것입니다. 우리가 멈추지만 않는다면 그런 일은 더 빈번해지겠지요. 그렇게 꾸준히 레벨업을 한다면 우리는 책의 종류에 따라 책을 읽는 목적에 따라 다양한 전략과 아이템을 사용할 수 있는 책읽기 고수가 될 수 있습니다.

1단계, 뻔뻔하게 골라 읽기

우리가 제안하는 첫 번째 읽기 전략은 '뻔뻔하게 골라 읽기'입니다. '뻔뻔하게'라는 말이 좀 불편하게 느껴지는 분도 있을 겁니다. 뻔뻔하다는 말은 대개 누군가의 태도를 부정적으로 평가할 때 쓰는 말이니까요. 그럼에도 불구하고 뻔뻔하다는 말을 굳이 쓰고 싶었던 이유는 우리 사회가 단단하게 지키고 있는 '정독'의 권위에 균열을 내고 싶었기 때문입니다. 엄중한 표정으로 정독을 요구하는 책 앞에서 좀 삐딱하게 앉아 턱을 치켜들고 후루룩 책장을 넘겨봐도 된다는 겁니다. 염치는 잠시 내려놓고 부끄러워하지 말고 뻔뻔하게요.

물론 책을 '제대로' 읽기 위해서는 정독을 해야한다는 말에 동의합니다. 그러나 모든 책을 정독할 수는 없습니다. 특히 지금처럼 다양한 매체로 수많은 정보가 쏟아져 들어오는 시대에 정독만을 강요하는 것은 우리를 책과 멀어지게 만드는 큰 요인입니다.

그래서 우리가 필요한 부분만 골라서 읽는 것이 좀 염치없게 보일

지라도 절대 책 앞에서 주눅 들지 말라는 의미에서 뻔뻔하게 골라 읽으라고 여러분들에게 말하고 싶었습니다. 심지어 읽다가 재미가 느껴지지 않는 책이라면 그대로 덮어버리는 것이 전혀 부끄럽지 않은 일이라고 말하고 싶었습니다. 세상에 책은 많으니까요.

도장 깨기를 하듯, 전리품을 쌓듯, 자신이 읽은 책의 목록을 만드는 것은 추천하고 싶지 않은 독서법입니다. 어떤 책을 읽었느냐보다 더 중요한 것은 그 책을 읽은 뒤에 삶이 얼마나 어떻게 달라졌는가를 느끼고 확인하는 것입니다. 책 읽기는 끊임없는 사고의 확장을 일으킬 수 있어야 합니다. 우리의 삶이 선입견과 확증편향으로 굳어 버리지 않도록 우리의 생각을 자극하는 것이 책 읽기의 가장 중요한 역할입니다. 책 읽기가 고정관념을 확고히 하는 방향으로 작동한다면 오히려 삶을 망가뜨릴 수 있습니다.

우리는 책과 가볍게 만나고 쿨하게 헤어질 줄 알아야 합니다. 중요한 것은 '책' 그 자체가 아니라 책과 만나는 순간의 진정성이니까요. 우리는 적어도 책을 만날 때만큼은 마음껏 바람둥이가 될 수 있습니다. 얼마든지 다른 책을 읽을 수 있고 여러 책을 한꺼번에 읽을 수도 있습니다. 그저 읽는 '그 순간만 진심'이면 됩니다.

중요한 것은 책 자체의 무게감이 아닙니다. 책과 우리가 만나는 그 순간의 무게가 중요합니다. 그 책이 아무리 무거운 책이더라도 우리가 그 책을 가볍게 만나고 싶다면 가볍게 만나면 됩니다. 책과의 만남에서 주도권은 우리가 가지고 있어야 합니다. 아무리 두껍고 어려운 책이더라도 그 책을 들춰보는 데 거리낌이 없어야 합니다. 또 모르는 일이지요. 가볍게 만나려던 의도와 달리 그 만남이 인생의 지침을 돌려놓는 '날카로운 첫 키스'가 될지 말입니다.

2단계, 개념 파악하며 읽기

뻔뻔하게 골라 읽기를 할 수 있게 되었다면 이제 책에 대한 거부감은 좀 사라졌겠지요? 훑어 읽기와 발췌독을 번갈아 가면서 하는 것이 자연스럽게 된다면 이제 효율을 좀 높여 볼까요? 레벨업을 해 봅시다.

발췌독은 필요한 부분을 찾아 정독한다는 것입니다. 정독은 말 그대로 자세히 읽는 것입니다. 글을 자세히 읽을 수 있으려면 어휘력을 갖추어야 합니다. 글의 핵심적인 의미를 담고 있는 것이 어휘이기 때문이지요. 일상적인 대화에서는 사용하는 어휘가 한정되어 있기 때문에 독서가 어휘력을 기르는 기회가 될 수 있습니다.

이것은 마치 체육관에서 근력운동을 하는 것과 유사합니다. 상체 운동과 하체 운동, 유산소 운동과 무산소 운동 등으로 구분하여 각 영역별 집중 훈련을 하는 근력운동이 어휘력을 기르는 것이지요. 근력운동으로 기른 체력을 바탕으로 다양한 스포츠를 즐길 수 있는 것처럼 다양한 영역의 어휘력을 장착할수록 즐길 수 있는 텍스트의 종류가 많아지는 것입니다.

그럼 어떻게 어휘의 개념을 명확하게 파악하며 글을 읽을 수 있을까요? 글을 읽으면서 모르는 단어가 나올 때마다 일일이 사전을 찾아보면 될까요? 그것은 재미나 효과 면에서 좋은 방법은 아닙니다. 물론 내용 이해에 핵심적인 단어라면 미리 그 뜻을 알아보는 것도 좋은 방법입니다. 하지만 대부분의 경우 앞뒤 맥락에 따라 그 의미 범주를 파악하며 읽는 것이 더 효과적입니다. 모든 글에서 같은 단어를 같은 의미로 사용하는 것은 아니니까요. 중요한 것은 그 글에서 그 단어를 어떤 의미로 쓰고 있는지를 파악하는 것입니다. 자신이 파악한 의미를 적용하며 이어지는 내용을 읽어 보면 처음에 파악한 의미와 어긋나는 부분이 생기기도 합니다. 그건 당연한 현상입니다. 어휘의 개념은 그렇게 끊임없이 맥락을 통해 조정되고 확장됩니다.

어휘의 개념을 조정하고 확장하는 활동에는 자신이 기존에 가지고 있었던 개념을 점검하고 새롭게 들어온 정보를 적용하여 연관성을 찾아가는 복잡한 사고 과정이 필요합니다. 이렇게 '개념 파악하며 읽기'를 통해 어휘력을 쌓게 되면 온라인 게임에서 아이템을 획득하는 것과 같은 효과를 얻을 수 있습니다. 상대할 수 있는 빌런의 등급이 높아지는 것이지요. 즉 읽어낼 수 있는 글의 수준이 높아지는 것입니다.

3단계, 감정선 따라 읽기

'뻔뻔하게 골라 읽기'와 '개념 파악하며 읽기'가 정보 전달을 목적으로 하는 책을 읽는 데 유용한 방법이라면 문학작품을 읽는 데 유용한 방법은 '감정선 따라 읽기'입니다. 글 전체가 유기적으로 짜여 있는 문학작품은 작가의 개성에 따라 복잡하게 구성된 이야기의 흐름을 면밀하게 따라가지 않으면 기본적인 내용 파악조차 힘들어집니다. 그래서 여기에서는 조금 덜 뻔뻔하게 읽어야 하는 문학작품을 효율적으로 읽는 방법을 알려주려고 합니다.

먼저 시를 읽을 때는 어떻게 해야 할까요? 우리가 만나는 시의 대부분은 작품의 분량이 한 페이지를 넘지 않습니다. 이렇게 분량이 짧은 것은 시가 서정 갈래이기 때문이지요. '서정 갈래'란 화자의 정서나 감정을 중심 내용으로 담고 있는 갈래를 말합니다.

한 폭의 그림이나 한 장의 사진에서 우리가 어떤 감정을 느낄 수 있는 것처럼 시에서 형상화된 세상을 통해 화자의 감정을 알아차릴 수 있다면 시의 기본적인 내용 파악을 할 수 있습니다. 화자가 '행복하다', '슬프다', '외롭다', '그립다'와 같은 감정을 드러내는 표현을 직접적으로 하거나 표정이나 태도로 그러한 감정을 드러낼 때 우리는 그 화자의 감정에 공감할 수도 있고 화자의 태도에 못마땅한 기분을 느낄 수도 있지요.

서사 갈래인 소설도 비슷합니다. 소설은 갈등의 문학이라고도 합니다. 갈등은 사건이고 그 사건의 전모를 파악하는 것이 소설의 내용 파악입니다. 그런데 갈등은 무엇을 통해 알 수 있을까요? 등장인물의 감정을 통해 알 수 있습니다. 인물이 부정적인 감정이나 태도를 보일 때 우리는 그 감정의 원인이 무엇인지, 그 감정이 향하는 대상이 무엇인지 찾아야 합니다. 그것을 찾으면 갈등이 보입니다. 그러한 맥락에 초점을 맞추어 읽어 나가면 사건은 자연스럽게 우리 앞에 펼쳐질 것입니다. 이렇게 읽을 때 비로소 문학작품을 즐길 수 있지요. 작품 속 인물들의 감정에 공감하거나 반발하면서 다양한 삶과 교류할 수 있으니까요.

4단계, 발품 팔아 읽기

'발품을 판다'는 것은 관용적 표현입니다. '원하는 것을 얻기 위하여 노력과 수고를 들인다'는 의미이지요. 네 그렇습니다. 이번 방법은 책을 쉽게 읽는 요령이라기보다는 책을 좀 더 잘 이해하는 방법입니다.

첫 번째와 두 번째 방법을 통해 책 읽기에 대한 부담이 좀 가벼워 졌다면 이제 뚜렷한 목적을 가진 책 읽기에 대응하는 방법도 시도해 볼 수 있습니다. 이를테면 학교 과제를 위한 책 읽기를 할 때는 앞의 두 방법만으로는 역부족일 수 있습니다. 아무래도 결과물에 대한 평가를 염두에 두고 책을 읽어야 하므로 책 내용을 깊이 이해해야 합니다.

그래서 우리는 발품을 팔아 배경지식을 쌓을 필요가 있습니다. 경제, 역사, 철학, 과학과 같은 전문 분야의 글뿐만 아니라 특정 시대를 배경으로 하는 문학 작품을 이해하는 데에도 배경지식의 양과 질이 큰 영향을 미치기 때문입니다. 책 읽기야말로 아는 만큼 보이고, 보이는 만큼 재미를 느낄 수 있는 활동이지요.

다행인 것은 과거에 비해 발품을 파는 수고가 많이 줄어들었다는 것입니다. 물론 정보가 너무 많아서 필요한 정보를 검색하고 정보의 신뢰도를 판단하는 능력이 필요하지만 디지털 매체 덕분에 많은 자료가 데이터베이스화 되었고, 예전에는 직접 도서관에 가야 찾을 수 있었던 정보들을 클릭 몇 번으로 볼 수 있게 되었습니다. 원한다면 알 수 있고, 아는 만큼 볼 수 있고, 보이는 만큼 즐길 수 있는 시대인 것입니다.

5단계, 퍼즐 맞추며 읽기

퍼즐 맞추며 읽기는 주로 소설을 읽을 때 필요한 전략입니다. 특히 단편소설보다는 장편소설을 읽을 때 더 요긴할 것입니다. 소설가들은 자신들이 만들어 놓은 세계에서 일어나는 일들을 일목요연하게 잘 정리해서 알려주지 않습니다. 사건은 각 인물의 관점과 입장에 따라서 파편처럼 조각나 여기저기에 흩어져 있게 마련입니다.

독자는 무슨 일이 일어난 것인지 알아내기 위해 조금이라도 관련 있어 보이는 조각들을 연결하며 열심히 전체 내용을 완성해 나가야 합니다. 그러기 위해서는 끊임없이 질문하고 궁금해하고 단서를 찾아 연결하기 위한 노력을 해야 합니다. 왜 소설가들은 이렇게 불친절하게 이야기를 만들어 내는 걸까요?

책을 한 권도 읽지 않은 사람보다 책을 한 권만 읽은 사람이 더 위험하다는 말이 있습니다. 책을 읽지 않은 사람은 자신의 경험치가 적다는 것을 알고 겸손할 수 있지만 책을 한 권만 읽은 사람은 자신이 아는 것만을 고집하는 편향된 태도를 갖게 될 가능성이 높기 때문입니다. 갈등 상황이 발생했을 때 원인을 다각적으로 탐색할 수 있어야 보다 많은 사람들이 납득할 만한 해결책을 찾을 수 있습니다. 그런데 편향된 시각을 가진 사람은 사건의 원인을 다각적으로 탐색하기보다는 하나의 입장만을 지지하게 되고 그런 태도는 갈등 상황을 더 악화시킬 수 있습니다.

소설가들이 일부러 불편한 읽기를 독자에게 제시하는 이유는 이와 관련이 있습니다. 우리가 익숙하고 편한 조건에서 벗어나 면밀히 관찰하고 곰곰이 생각하며 사건의 총체적 진실에 가깝게 다가가길 원하는 것입니다. 그런 읽기가 가능해지면 우리는 실제 세계에서도 주변 사람들의 삶뿐만 아니라 지구 반대편에 있는 사람들의 삶도 깊이 이해할 수 있게 됩니다.

6단계, 꼬리 물어 읽기

앞의 다섯 가지 읽기 전략에 익숙해졌다면 마지막 전략은 큰 수고 없이 자연스럽게 자신의 것으로 만들 수 있습니다. 그리고 이 전략을 능숙하게 구사할 수 있다면 창의적 글쓰기도 가능해집니다. 자, 그렇다면 꼬리를 물어가며 읽는다는 것이 무슨 말인지 알아봅시다.

꼬리에 꼬리를 물고 이어진다는 말은 질문이 끊어지지 않고 계속 이어질 때 쓰는 표현이지요. 끊어지지 않는다는 것은 앞에서 나온 정보와의 연관성을 계속 찾아내기 때문에 가능한 것입니다. 그렇다면 읽기가 꼬리를 물고 이어진다는 것은 무엇일까요? 그것은 앞에 읽은 책과 뒤에 읽은 책의 연관성을 찾아내어 두 책을 연결하는 읽기를 말합니다.

연관성은 다양하게 찾을 수 있습니다. 주제나 소재를 비롯해 캐릭터나 작가의 문제의식에서도 연관성을 찾을 수 있습니다. 전혀 관계가 없어 보이는 두 책에서 자신만의 창의성으로 연결고리를 찾아낼 수도 있습니다. 이 관점에 논리적 근거를 갖춘다면 하나의 멋진 개념이 완성

되겠지요.

이와 같은 레벨업 읽기를 통해 우리가 지향하는 궁극적인 목표는 독자가 세상을 바라보는 다양한 관점을 갖는 것이고, 그러한 관점을 바탕으로 세상을 총체적이고 입체적으로 바라볼 수 있는 능력을 갖는 것입니다.

2장. 읽기 레벨업을 위한 6단계 전략

뻔뻔하게 골라 읽기

— 처음부터 끝까지 다 읽을 필요 없어

우리가 누군가를 처음 만난 상황을 상상해 봅시다. 어떤 사람을 만나든 진심을 다하는 존중의 마음을 가져야 한다는 것에는 모두 동의할 것입니다. 그런데 사적인 장소에서 만난 사람과 함께 있는 시간이 즐겁지 않거나 불편하다면 그것을 무리해서 참아야 할까요? 한번 맺어진 인연은 무조건 끝까지 함께 가야 할까요? 그럴 수 없다는 것은 우리의 경험으로도 알 수 있는 사실입니다.

책 읽기도 이와 비슷한 면이 있습니다. 한번 시작한 책 읽기는 반드시 마지막 페이지까지 정독하며 읽어야 할까요? 그렇게 읽지 않는다면 '제대로' 읽은 것이 아닐까요? '제대로' 읽는다는 것의 의미는 무엇일까요?

'읽기'는 '생각하기'와 동의어라고 해도 과언이 아닙니다. 지식과 정보를 습득하기 위한 읽기든 재미와 즐거움을 위한 읽기든, 모두 깊이 생각하는 과정이 없다면 '제대로' 이루어진 것이 아닙니다. 즉 얼마나 '제대로' 읽었느냐의 척도는 얼마나 많이 읽었느냐보다 얼마나 생각했느냐로 결정됩니다. 한 페이지를 읽었어도 그 과정에서 곰곰이 생각하며 자신의 경험과 연결하고 새로운 가치를 발견하는 활동이 있었다면 우리는 그것을 '읽었다'라고 인정해야 합니다. 반면에 한 권의 책을 완독했더라도 삶에서 그 책을 읽기 전과 후의 차이가 느껴지지 않는다면 그것은 '읽었다'라고 인정할 수 없습니다.

어떤 책의 어떤 단락이, 어떤 문장이, 어떤 어휘가, 혹은 어떤 장면이 자신에게 곰곰이 생각할 만한 기회를 주었을 때 우리는 비로소 '읽기'의 순간에 들어가는 문을 연 것입니다. 그러니까 그런 문이 보이지 않는 책이라면 일단은 덮어두고 다른 책을 훑어보는 것이 좋습니다. 중요한 것은 '책'이 아니라 '문'을 만나는 것이니까요.

그런데 우리는 여전히 '정독'과 '완독'이라는 고정관념으로 책을 만납니다. 그런 태도 때문에 우리는 책 읽기에서 멀어집니다. 처음부터 끝까지 정독할 자신이 없는 책은 아예 시도조차 하지 않고 익숙하고 쉬운 책만 찾게 되니까요. 무슨 책이든 덥석덥석 잡아들어서 휘리릭 훑어보다가 관심이 생기는 부분만 골라서 읽어도 아무 일도 일어나지 않습니다. 세상에 독서만큼이나 도전과 시도가 자유로운 것이 있을까요? 하다못해 극장에서 영화를 보려면 들인 돈이 아까워서라도 꾹 참고 의자에 앉아 있어야 하지 않습니까? 도서관은 무료입니다. 어떤 책이든 대출 권수가 허락하는 만큼 빌려와서 보고 싶은 만큼만 보고 반납하면 됩니다. 열 권을 빌려와서 한 권만 읽고 반납해도 아무도 우리를 비난하지 않습니다.

이제 우리는 책 앞에서 자꾸 주눅 드는 마음을 다잡아야 합니다. '심심한데 책이나 읽을까?'라든가 '왜 다들 대단한 책이라고 하는지 궁금한데 한번 구경이나 해 볼까?' 같은 마음으로 책을 집어 들었다가도 읽다 보니 흥미가 떨어져서 더 읽고 싶지 않게 되면 얼마든지 책을 덮어도 됩니다.

'읽기'는 책의 종류와 읽기의 목적에 따라 다양하게 접근해야 합니다. 그것은 책과 우리 사이 어디에선가 일어나는 일이므로 책의 문제도 우리의 문제도 아닙니다. 만약 '읽기'가 잘되지 않는다면 그 책과 우리가 만날 적당한 때가 아니라고 생각해도 되겠습니다.

인터넷 공간에서 만나는 텍스트를 읽을 때에는 책을 읽을 때보다 부담이 적습니다. 빠르게 훑고 지나가다가 관심사가 보이면 잠시 집중하면 되기 때문입니다. 디지털 텍스트는 다양한 형식으로 내용과 관련된 정보들을 연결하는 하이퍼텍스트입니다. 하이퍼텍스트는 독자들에게 선택을 허용하는 텍스트로 다양한 매체와 상호작용을 가능하게 합니다.

이 장에서 살펴볼 '뻔뻔하게 골라 읽기'는 바로 이 하이퍼텍스트 읽기와 읽기 방법이 비슷하다고 할 수 있습니다. 인터넷 환경에 익숙한 청소년들에게 유리한 읽기 방법이 될 수 있겠죠. 가뜩이나 정보가 많은 시대인데 그 정보를 더욱 빠르게 전달하는 디지털 매체에 둘러싸여 있으니 이제 우리는 읽어야 할 것들이 너무 많은 게 문제인 시대를 살게 된 것입니다.

그 많은 정보를 그냥 읽는다고 모두 습득되지는 않습니다. 수많은 정보 글(비문학)을 읽으며 내용에 빠져들지 못하고 수박 겉핥기만 하다가 포기해 버리거나, 마지막 페이지까지 완독은 했지만 읽으면서 이해한 것 같았던 내용들이 책을 덮은 후 온데간데없이 사라지고 머릿속에 남은 거라곤 하나도 없는 경험을 하기도 합니다. 이런 경험은 책에 따라 필요한 읽기 전략을 제대로 적용하지 못했기 때문에 생긴 것입니다. 전략적인 독서를 했을 때와 무작정 읽는 독서를 했을 때의 결과는 매우 다릅니다. 특히 정보를 전달하는 것이 목적인 글(비문학)을 효과적으로 읽기 위해서는 자신에게 필요한 것만 쏙쏙 골라 읽는 전략이 필요합니다.

흔히 '훑어 읽기'라고도 하는 통독은 전체적인 내용의 흐름과 윤곽을 파악하며 한 번에 빠르게 읽는 방법입니다. 그리고 그 후에 중요하다고 생각하는 부분이나 관심이 가는 부분 등을 골라 발췌하여 읽는 것이 '뻔뻔하게 골라 읽기'의 전략이라고 할 수 있습니다. 무엇이든 전체를 알아야 필요한 것을 골라낼 수 있습니다. 그런데 전체를 꼼꼼하게 알아야 하는 것이 아니기 때문에 훑어 읽는 것으로 가능한 것이지요.

제목과 목차 읽기

자, 이제 『왜, 독감은 전쟁보다 독할까』[1]를 '뻔뻔하게 골라 읽기' 전략으로 읽어 볼까요. 골라 읽기는 전체적인 내용을 훑어 읽고, 관심 있는 내용을 찾아서 자세히 읽는 방법이라고 했지요.

이런 전략으로 책을 읽을 때 제목과 목차는 친절한 안내자가 됩니다. 제목은 전체적인 내용을 짐작할 수 있게 해주고 목차는 책 내용이 전개되는 순서를 독자에게 미리 보여주기 때문입니다. 목차를 기억하고 활용하는 방법은 특히 통독과 발췌독에 유용합니다. 목차를 활용하며 대강의 내용을 훑어보면 관심이 가는 부분을 빠르게 찾을 수 있지요. 『왜, 독감은 전쟁보다 독할까』는 정보를 전달하는 책입니다. 먼저 제목을 보면 전염병들이 인류의 역사에 영향을 주었을 거라고 짐작해 볼 수 있겠지요. 다음으로 목차를 보면 다음과 같은 소제목들이 보입니다.

1. 보이지 않는 손
미생물이 어떻게 인류의 역사를 바꾸었을까? · 11

2. 파편
흑사병이 어떻게 봉건제도를 강타했을까? · 19

3. 감염의 제국
천연두가 어떻게 세계를 정복했을까? · 35

4. 사업의 대가
황열병이 어떻게 노예제도를 폐지했을까? · 49

그런데 첫 줄부터 내용이 만만치 않습니다. '보이지 않는 손'이라니 애덤 스미스의 경제이론을 말하려는 걸까요? 미생물은 알겠는데 자연과학에 속하는 미생물이 어떻게 인류의 역사를 바꿨다는 걸까요? 흑사병은 뭐고 봉건제도는 뭔가요? 목차만 봐도 꽤나 어려워 보이는 책입니다. 분명 어려운 정보를 전달하면서 많은 배경지식을 요구하는 글이겠지요.

하지만 아까도 말한 것처럼 우리에게 필요한 것은 '쫄지 않기', '뻔뻔해지기'입니다. 일단 이런 글일수록 처음 부분이 요긴합니다. 어려운 정보를 담고 있는 글은 친절하거든요. 전문적인 분야의 정보를 전달해야 하므로 최대한 명확한 문장으로 차근차근 전달하기 위하여 최선을 다합니다. 그래서 머리말이나 서문에서는 이 책이 전반적으로 무슨 말을 하고 싶은 건지를 요약·정리해서 알려줍니다.

자! 첫 장을 넘겨봅시다.

추천사 도움 받기

이 책은 시작하자마자 관련 전문가의 간략한 추천사가 있습니다. 이런 책일수록 친절하다고 했지요. 서울대학교 생명과학부 천종식 교수님이 우리보다 먼저 이 책을 읽고 책의 내용을 소개해주고 있네요. 추천사의 내용과 목차를 연결해서 보면 이 책이 전달하고자 하는 전반적인 주제를 미리 짐작해 볼 수 있습니다. 상대방이 무슨 말을 할지를 미리 알고 간다면 그 내용이 좀 어렵더라도 훨씬 수월하게 핵심적인 내용을 찾아낼 수 있습니다.

아마도 흑사병, 천연두, 황열병, 콜레라, 결핵, 독감은 전염병의 이름이겠지요. 그리고 그 병들은 당시 사람들에게 엄청나게 큰 영향을 미쳤나 봅니다. 특히 흑사병으로 엄청 많은 유럽인이 사망해서 유럽의 중세를 지탱하던 봉건제도가 무너졌다고 하네요.

자, 추천사로 살짝 맛을 봤다면 이제부터 본문으로 들어가 본격적으로 뻔뻔해져 봅시다. 천연두가 세계를 정복했다는 말에 흥미가 생긴다면 흑사병은 가뿐하게 뛰어넘고 천연두 부분으로 가는 거지요. 1492년에 스페인의 왕과 왕비는 이슬람 세력과의 전쟁에서 승리하고 종교적 박해를 본격화했다고 합니다. 이슬람교도뿐만 아니라 유대인들까지도 재산을 몰수하고 추방해 버렸다고 하네요.

그리고 스페인의 주도로 지중해 중심의 질서에서 대서양 중심의 질서로의 대변화가 일어났다고 합니다. 그 유명한 콜롬버스가 이 시대에 아메리카 대륙을 발견하는 항해를 시작했다고 하네요. 시작하자마자 대항해 시대에 대한 배경지식이 필요한 내용이 쏟아져 나오는군요. 그렇지만 괜찮습니다. 우리는 뻔뻔해지기로 했으니까요. 모르는 내용은 쿨하게 넘어가도 좋습니다.

뭐 대충 스페인이 전성기에 아메리카 대륙을 식민지화하기 시작했고, 다른 유럽의 국가들까지 식민지 쟁탈 경쟁에 뛰어들면서 유럽인들이 새로운 대륙을 찾는 데 더욱 박차를 가하게 됐다고 하네요. 아! 그래서 세계 정복인가요? 그런데 천연두는 무슨 상관일까요?

유럽인들이 아메리카 대륙으로 들어왔을 때 아메리카 원주민들은 오래지 않아 그들의 야욕을 눈치챘습니다. 자신들을 노예로 삼고 땅을 훔치려 한다는 것을 알고 저항했지요. 소수의 침략자들과 다수 원주민들의 대결. 유럽인들이 아무리 발전된 무기인 총기를 가지고 있었다고 해도 전세는 원주민들에게 유리했습니다. 그런데 바로 이때 천연두가 전세를 역전시킵니다.

1만 년 가까이 유럽과 아시아 대륙으로부터 고립되어 있던 아메리카 원주민들에게는 유럽인들이 가지고 온 병원균에 항체가 없었습니다. 그중에서도 천연두는 원주민들의 인구수를 급감시킬 만큼 위력적이었고 살아남은 사람들조차도 그 공포감에서 헤어날 수 없게 만들어 버렸다고 합니다.

그러니까 고작 수백 명에 불과한 유럽의 침략자들이 수만 명에 달하는 원주민들을 무력화시킨 것은 그들이 엄청나게 강했기 때문이 아니라 그들이 가지고 온 바이러스 때문이었다는 거네요. 그런데 이런 천연두의 사례와 유사하지만, 결과는 정반대였던 사건이 바로 황열병의 사례입니다.

유럽인들의 탐욕을 위해 노예 상태로 배를 타고 아메리카에 끌려온 대략 2천만 명의 아프리카인들과 함께, 대부분의 노예들은 면역성이 있었지만 노예 주인들은 그렇지 않았던 아프리카 질병인 황열병도 들어온다. (52쪽)

자, 황열병과 노예제도의 관계가 궁금한 사람은 아마 윗글을 읽게 될 겁니다. 아즈텍이니 잉카니 카리브 해니 온갖 낯선 말들이 나오는 건 쿨하게 넘어가자고 했지요? 그렇게 넘어가도 유럽인들이 신대륙의 원주민과 땅을 이용해 돈을 벌고 싶어했다는 것은 어렵지 않게 파악할 수 있습니다.

당시 아메리카는 천연두를 비롯한 각종 질병으로 원주민들의 수가 급감해서 그들만으로는 노예의 수가 충분하지 않았다고 합니다. 그래서 부족한 노동력을 채우기 위해 아프리카에서 2천만 명에 달하는 흑인들을 강제로 아메리카로 끌고 왔다고 하네요. 2천만 명이라니, 현재 우리나라 인구의 절반에 가까운 엄청난 수입니다. 수백 년에 걸쳐 그 많은 사람을 노예 사냥으로 잡아 대서양을 건너 아메리카로 보냈습니다. 그때 아프리카의 풍토병인 황열병이 같이 들어왔고, 이번엔 천연두 때와 반대로 황열병에 면역력이 없던 유럽인들이 큰 피해를 입게 됩니다.

그런데 천연두로 아메리카 원주민들이 죽어갈 때는 신이 자신들의 정복을 지지하기 위해 원주민들에게 질병을 내렸다고 말했던 유럽인들이 황열병으로 자신들만 죽어갈 때는 아프리카 흑인은 질병에도 강하기 때문에 노예로 적합하다고 주장했다네요. 역시 자연은 인간들의 싸움엔 관심이 없나 봅니다. 선한 사람은 구제하고 악한 사람은 병에 걸리게 하는 일 같은 건 자연에서는 일어나지 않습니다. 인간들만 그런 자연의 모습에 이러쿵저러쿵 자신들에게 유리한 의미를 갖다 붙일 뿐이죠.

천연두가 어떻게 유럽의 침략에 유리한 조건이 되었는지, 황열병과 노예제도는 어떤 관련이 있는지, 여러분의 궁금증이 해결되었나요? 조금이라도 필요한 정보를 얻었다면 뻔뻔하게 골라 읽기 능력을 갖춘 겁니다. 그러면 이제 작가가 왜 이런 정보들을 가져왔는지 생각해 봅시다.

작가는 결국 무슨 말을 하고 싶었던 것일까요? 앞에서도 말한 것처럼 이런 글은 친절하다고 했지요? 친절한 글에서는 주제가 맨 끝에 나오는 법입니다. 마지막 목차를 확인해 볼까요? '붉은 여왕과 달리기-병원균은 어떻게 우리의 삶을 달라지게 할까?'입니다.

처음에 선생님은 붉은 여왕이 병원균의 이름인가 했습니다. 그런데 맨 마지막 페이지에서 그 궁금증이 풀리네요. 붉은 여왕은 루이스 캐럴의 동화『거울 나라의 앨리스』에 나오는 인물입니다. 아마 그 여왕의 대사가 유명한가 봅니다. '우리가 제자리에나마 머물기 위해서는 최선을 다해 계속 달려야 한다.'라고 했다네요.

마지막 목차의 내용과 이 문장의 의미를 연결해 보자면 인류의 역사에 지대한 영향을 미치는 미생물은 지금도 앞으로도 계속 진화하고 있으므로 우리가 미생물과 질병에 계속 관심을 두지 않으면, 붉은 여왕의 말대로 최선을 다해 계속 달리지 않으면, 인류의 역사는 더 나빠질 수 있다는 뜻으로 이해할 수 있습니다. 저자는 이 메시지의 중요성을 앞서 일어난 역사적 사건의 예를 통해 강조하고 싶었나 봅니다.

이번에는 좀 더 어려운 책에 도전해 볼까요? 아마 한 번쯤 제목은 들어봤을 마이클 샌델의『정의란 무엇인가』[2]입니다. 아쉽게도 추천사나 서평으로 시작하지는 않지만 아주 친절한 목차는 있습니다.

01. 정의란 옳고 그름을 판단하는 문제일까? · 17

복지, 자유, 미덕 | 어떤 부상을 입어야 상이군인 훈장을 받을 자격이 될까? | 구제 금융에 대한 분노 | 정의에 대한 세 가지 접근법 | 사례1: 폭주하는 전차 | 사례2:아프가니스탄의 염소 목동 | 도덕적 딜레마

1강에서는 각자 다른 관점을 가진 사람들의 가치관이 충돌하는 여러 사례를 통해 특정 상황에서 어떤 선택을 하는 것이 '옳은 일'인지를 고민해 보라고 제안합니다. 먼저 미국 플로리다에서 자연재해로 고통받는 주민들에게 생필품을 비싸게 팔아 이득을 얻었던 상인들의 행동이 정당한지에 대한 질문으로 시작하지요. 이 경우, 대부분의 사람들이 이웃의 재난을 돈벌이의 기회로 삼은 상인들의 행동을 탐욕이라며 비난합니다. 하지만 글쓴이는 그렇게 쉽게 답을 내지 못하게 만듭니다. 그들의 행동이 정당하지 않았다면 법으로 처벌 가능한지를 묻습니다. 그러면서 미덕을 기준으로 비난할 만한 행동이라 하더라도, 그것을 법적 처벌의 대상으로 정하는 것은 또 다른 문제라고 말합니다. 실제로 플로리다에서 '가격폭리처벌법'으로 사람들을 처벌하려고 하자 찬반 입장이 격렬하게 충돌했으니까요.

또 하나의 사례를 볼까요? '철로를 이탈한 전차'입니다. 이것은 실제 사례가 아니라 가설입니다. 자신이 브레이크가 고장난 채로 시속 100킬로미터로 달리는 전차의 기관사일 때, 그대로 달리면 다섯 명의 인부가 죽고 철로를 바꾸면 한 명의 인부가 죽는 상황에서 어떤 선택을 할 것인지를 묻습니다. 이런 경우 우리는 한 명의 희생으로 다섯 명을 살리는 것이 옳지 않겠냐고 대답할 것입니다. 그런데 글쓴이는 더욱 까다로운 조건을 추가하며 어떤 것이 옳은 선택인지를 묻습니다. 우리는 조건이 추가될수록 결정하기에 더욱 난감한 상황에 처하게 됩니다.

때로는 도덕적 신념들이 서로 충돌하며 도덕적 딜레마가 생긴다. 예를 들어 전차 이야기에서 가능하면 많은 생명을 구해야 한다는 원칙이 적용되는가 하면, 아무리 의도가 좋다고 하더라도 죄없는 사람을 죽이는 것은 잘못이라는 또 다른 원칙이 적용된다. (47쪽)

이 질문에서 중요한 것은 답이 아닙니다. 확신에 찬 대답을 하면 할수록 더 괴로운 상황에 처하게 됩니다. 글쓴이가 일부러 우리를 '도덕적 딜레마'에 빠지게 만드는 것이지요. 왜 그러는 걸까요? 우리는 그 이유를 1장의 끝부분에서 확인할 수 있습니다.

이 책의 목적은 누가 누구에게 영향을 미쳤는지 알려주는 정치 사상사를 다루는 데 있는 것이 아니라, 독자들로 하여금 정의에 대한 자신의 견해를 정립하고 비판적으로 검토하도록 만들어, 자신이 무엇을 왜 그렇게 생각하는지 알도록 하는데 있다. (55쪽)

글쓴이는 우리가 자신의 협소한 경험을 바탕으로 쉽게 판단해 버리는 '옳은 일'이 실상은 아주 잔인하고 폭력적인 본질을 숨기고 있을지도 모른다고, 우리는 그것을 잘 알고 고민하면서 매 순간 '옳은 선택'을 위해 고민해야 한다고 말하는 것입니다.

2강부터 4강까지는 공리주의와 자유지상주의의 한계를 보여주는 부분입니다. 민주주의와 자본주의 체제에서 사는 우리에게 너무나 익숙한 가치가 사실은 많은 문제점을 가지고 있다는 것이지요. 글쓴이는 정치가 이러한 문제 앞에서 중립이라는 가치를 내세워 너무나 소극적으로 대처하고 있다고 말합니다.

그리고 5강부터 8강에서는 임마누엘 칸트와 존 롤스 그리고 아리스토텔레스의 사상을 근거로 들어 이러한 문제점을 고찰하고자 합니다. 사실 이들 철학자의 이론은 어렵습니다. 철학적 용어에 대한 배경지식이 없다면 따라가기 매우 힘들지요. 하지만 글쓴이가 자신의 주장을 뒷받침하는 근거로 삼기 위해 가져왔다는 것은 파악할 수 있습니다. 그래서 우리는 각 철학자의 핵심적인 개념만 알고 뒷부분으로 넘어가도 됩니다. 칸트의 '자유'와 존 롤스의 '평등' 그리고 아리스토텔레스의 '미덕'이 그것입니다.

칸트의 '자유'는 우리가 생각하는 자유와 다릅니다. 그에 따르면 하고 싶은 대로 하는 것은 오히려 자연의 섭리에 구속되어 있는 것에 불과합니다. 맛있는 것을 먹고 싶을 때 먹는 것은 자유가 아니라 본능에 가깝다는 것이지요. 자유는 행위의 원인이 자신에게 있어야 하므로 오히려 '해야 하는 것을 하는 것'에 가깝습니다. 자신이 해야 한다고 생각하는 것(정언명령)을 고통스러워도 할 때 인간은 자유롭다고 말합니다.

존 롤스의 '평등'은 '원초적 평등'입니다. 그는 사회에 현실적으로 존재하는 불평등이 정당성을 얻으려면 그 사회에서 발생하는 이익이 사회의 약자에게 우선해서 분배되어야 한다고 주장합니다. 아리스토텔레스는 '미덕으로 가득 찬 좋은 사회'를 제시하며 인간이 정치적 활동을 통해 '미덕'을 연습해야 정의로운 사회를 만들 수 있다고 말합니다.

비록 여러분이 이러한 요약까지 가능하지 않더라고 실망하거나 포기할 필요는 없습니다. 말했다시피 우리는 좀 뻔뻔해지기로 했으니까요. 어려운 부분은 성큼성큼 넘어가 맨 마지막 부분으로 가도 됩니다. 글쓴이가 아주 친절하게 자신의 주장을 정리해 주니까요.

> 여기까지 오는 동안 우리는 정의를 이해하는 세 가지 접근법을 탐구했다. 첫 번째 방식은 정의란 공리나 복지의 극대화, 즉 최대 다수의 최대 행복을 추구하는 것이라고 말한다. 두 번째 방식은 정의란 선택의 자유를 존중하는 것이라고 말한다. 그 선택은 자유 시장에서 사람들이 실제로 행하는 선택(자유지상주의의 견해)일 수도 있고, 사람들이 원초적으로 평등한 위치에 있을 경우 '하게 될' 가상의 선택(자유주의적 평등주의의 견해)일 수도 있다. 세 번째 방식은 정의란 미덕을 키우고 공동선을 고찰하는 것이라고 말한다. 이쯤에서 당신도 눈치챘겠지만, 나는 세 번째 방식을 선호한다. 왜 그런지 설명해보겠다. (379쪽)

글쓴이는 현대 사회의 문제점을 제시하고 그것을 해결할 수 있는 대안으로 우리에게 '미덕을 키우고 공동선을 고민'하기를 제안하고 있습니다. 각자 개인의 능력만으로 노력하는 것으로는 우리가 사는 공동체를 좋은 방향으로 이끌어 갈 수 없다는 것을 글쓴이가 제시하는 방대한 사례를 통해 확인했기 때문입니다.

그러니까『정의란 무엇인가』는 정의가 무엇인지 설명해 주는 책이 아니었네요. 정의가 무엇인지 끊임없이 고민하고 고찰할 때 우리가 이상적으로 생각하는 '정의로운 사회'의 모습이 점점 구체화될 수 있다고 말하는 책이었습니다.

우리가 지금까지 살펴본 책의 내용은 전체 내용의 절반도 되지 않습니다. 중간의 많은 부분은 대충 보고 넘어갔습니다. 그래도 우리는 어디에서나 이 책을 읽은 티를 낼 수 있습니다. 세상은 넓고 읽을 책은 많습니다. 중요한 것은 자신이 언제든 필요할 때마다 책을 집어들 수 있다는 것을 아는 것입니다. 심심할 때면 도서관이나 서점에 가는 것이 낯설지 않게 되는 것입니다.

전체를 정독하지 않은 것을 부끄러워하지 맙시다. 혹시 더 궁금한 부분이 있다면 다시 찾아보면 되니까요. 이미 한번 훑어본 책은 다시 읽을 때마다 이해도가 깊어지면서 재미도 더 커질 것입니다. 책이 재미와 연결되는 순간, 우리는 그 재미를 포기할 수 없게 됩니다. 재미가 책 읽기를 부르고, 책 읽기의 경험은 쌓일수록 더 큰 재미를 불러오지요. 이러한 선순환이 '뻔뻔하게 골라 읽기'의 효과입니다.

『스포츠로 만나는 지리』
최재희 지음, 휴머니스트, 2021

야구와 축구는 우리에게 익숙한 스포츠입니다. 하지만 그런 스포츠가 기후와 지형의 영향으로 발전해 왔다는 것을 아셨나요? 세일링 요트도 스포츠입니다. 바람을 이용하는 고도의 기술이 필요합니다. 평소에 관심이 있었던 스포츠부터 탐색을 시작해 보세요. 어렵고 재미없기만 했던 지리 용어들이 나오지만, 스포츠와 만나니 책장이 술술 넘어갑니다.

『철의 시대』
강창훈 지음, 창비, 2015

철은 인류 문명의 원동력입니다. 인류가 철을 자유롭게 활용할 수 있게 되었기 때문에 현대 첨단 문명이 가능했던 것이지요. 저자는 철의 탄생에서부터 현재까지 인류사에 철이 미친 영향을 시간의 흐름에 따라 서술합니다. 하지만 우리는 꼭 그 순서에 맞춰 읽을 필요가 없습니다. 목차를 보고 관심이 가는 부분을 찾아 읽거나 프롤로그(철의 현재)와 에필로그(철의 미래)만 읽어도 대강의 책 내용을 짐작할 수 있습니다.

『사회를 달리는 십대: 사회.문화』
황정숙, 송현정, 옹진환, 이상인 지음, 우리학교, 2021

능력주의, 가짜뉴스, 포퓰리즘 등 우리 사회를 이해하는 데
필요한 개념들을 설명해 주는 책입니다. 목차에는 많은 소
제목들이 있습니다. 그래서 필요한 내용만 골라 읽기 더욱
좋습니다. 이를테면 '능력주의 : 이 경주가 공정하지 않은
이유'라는 첫 번째 목차를 보면 능력주의의 부정적인 측면
을 서술한다는 것을 알 수 있습니다. 관심이 간다면 바로 펼
쳐 보세요.

『세상엔 알고 싶은 건축물이 너무도 많아』
스기모토 다쓰히코, 나가오키 미쓰루, 가부라기 다카노리, 이토 마리
코, 가타오카 나나코, 나카야마 시게노부 지음, 고시이 다카시 그림,
노경아 옮김, 어크로스, 2021

이집트의 피라미드부터 그것을 현대적으로 계승한 프랑스
의 루브르 유리 피라미드까지 전 세계의 유명한 건축물들
을 총망라하고 있습니다. 목차도 친절하게 고대부터 현대까
지 잘 정리되어 있습니다. 당연히 순서대로 읽을 필요는 없
지요. 마음 가는 대로 건축물을 골라 읽어 보세요. 건축물
에 얽힌 역사적 비하인드 스토리까지 만날 수 있습니다.

개념 파악하며 읽기

– 어휘의 개념을 알면 글이 쏙쏙

뻔뻔하게 골라 읽기에 이어 정보와 지식 습득을 목표로 하는 책을 다른 방법으로 읽어 보려고 합니다. 이런 책은 주로 역사, 과학, 사회, 경제, 예술, 철학 등의 지식과 정보를 담고 있습니다. 정보를 쉽고 빠르게 전달하기 위해서 명확한 사전적 의미의 언어를 사용하기 때문에 글이 객관적입니다.

이런 책을 읽는 독자의 목적은 당연히 정보와 지식을 얻는 거겠죠. 비문학 책들은 저자의 의견이나 주장이 들어가지 않기 때문에 읽는 우리는 글 속에 있는 정확한 사실이나 정보를 찾는 데 초점을 두어야 합니다. 설명문, 보고서, 신문이나 잡지 기사, 기행문과 제품 매뉴얼이나, 요리 레시피, 안내문 등이 지식과 정보를 전달하는 글, 비문학에 포함됩니다.

학생들이 날마다 보는 교과서도 여기에 해당하겠네요. 학년이 올라갈수록 자신의 수준보다 어려운 책을 접하게 되는데, 이런 현실을 마주하면 두 가지 유형의 독자로 나뉘게 됩니다. 자기 수준의 책만 고집하며 쉬운 책만 읽는 유형과 아무리 어려운 책도 별 두려움 없이 읽기를 시작해 보는 유형입니다.

여러분은 어떤가요? 글을 읽다가 어려운 내용을 만나면 어떻게 하나요? 그냥 쿨하게 포기하고 책을 덮어버리나요? 아니면 좀 더 적극적으로 글을 이해하기 위한 읽기 방법을 찾는 쪽인가요? 비문학 책을 읽는 이유는 그 속에 우리에게 필요한 정보가 있기 때문입니다. 그러니 어렵다고 쉽게 포기해 버리면 원하는 정보를 얻을 수 없게 되겠지요. 하지만 우리에겐 두 번째 읽기 전략이 있으니 안심하세요. 이번에 사용할 전략은 '개념 파악하며 읽기'입니다.

개념은 어떤 대상의 속성을 일반화한 지식으로, 보통 특정한 단어로 표현됩니다. 비문학 책을 읽을 때 독해를 어렵게 하는 것은 특정 단어일 때가 많습니다. 그 특정 단어만 알면 전체 내용이 이해되기도 하지요. 그런데 이 단어가 국어사전에서 해결되지 않는 때도 있어요. 사전적 풀이는 또 다른 어휘를 사용하여 설명할 수밖에 없는데, 설명하는 과정에 나오는 어휘를 모르면 더 복잡해지니까요. 또 저자가 주제를 강조하기 위해 단어에 다른 의미를 추가하거나 의미의 범위를 부분적으로 제한할 수도 있습니다. 그래서 각 단어가 지닌 개념의 범위를 파악하는 것이 중요합니다.

다음 책처럼 전문적인 분야의 정보 글을 읽다 보면 알듯 모를듯한 내용들이 쏟아져나오기 마련이지요. 그래서 이런 글을 읽을 때는 먼저 책 제목과 저자를 살펴보는 것이 좋습니다. 제목은 책의 내용을 압축하여 담고 있으니까요. 무엇에 대한 정보를 제공하는 책인지 쉽게 알 수 있겠죠. 다음은 책 내용이 어떻게 전개되는지 보여주는 목차를 살펴봅니다. 그리고 머리말(서론)을 꼼꼼히 읽습니다. 머리말에는 저자가 앞으로 설명하고자 하는 대상에 대한 정의를 아주 친절하게 알려주기 때문이지요. 게다가 앞으로 전개될 내용을 요약적으로 알려주기 때문에 꼭 읽고 넘어가는 것이 중요합니다.

이렇게 맛보기 단계를 마쳤다면 이제 본격적으로 본론으로 들어가면 됩니다. 한 꼭지의 글을 처음부터 끝까지 쭉 훑어 읽는 겁니다. 모르는 단어나 개념이 나온다면 표시만 해두고 그냥 스르륵 읽고 넘어갑니다. 이렇게 한 호흡에 읽고 난 후에 훑어볼 때 표시해 둔 모르는 단어나 개념이 나왔던 문단으로 돌아가 앞뒤 문장을 살피며 다시 읽어 보는 겁니다.

『세상에 대하여 우리가 더 잘 알아야 할 교양48-인플레이션』[3]은 청소년 눈높이에 맞춰 쉽게 풀어 쓰인 경제서이지만, 책 곳곳에서 보이는 경제용어들이 낯설고, 어렵게만 느껴집니다. 하지만 걱정할 것 없어요. 우리는 이제 개념을 파악하며 읽는 전략을 사용할 거니까요. 자, 이제 좀 더 자세히 책 내용을 살펴볼까요.

먼저 제목을 보라고 했지요. '세상에 대하여 우리가 더 잘 알아야 할 교양 48-인플레이션, 양적 완화가 우리를 살릴까?' 제목을 보니 아직 뭔지 모르겠지만 인플레이션, 양적 완화 등 경제에 관한 정보를 주는 내용일 거라는 짐작이 됩니다.

제목을 봤으면 그다음에는 책장을 넘겨서 목차를 살펴볼까요. 저자가 이야기를 어떻게 전개해 나갈지 한눈에 보이지 않나요? 인플레이션에 대한 정의와 그 역사를 설명하고, 양적 완화와 인플레이션의 관계, 그로 인한 문제점 등을 설명한 후 마지막엔 인플레이션에 대처하는 방법을 제시해 줄 건가 봐요.

다음엔 머리말을 꼼꼼히 보라고 했었지요. 이 부분에 앞으로 저자가 이야기할 이 책의 핵심 키워드인 인플레이션, 하이퍼인플레이션, 양적 완화 등의 개념이 정의되어 있네요. 우리가 이런 개념을 잘 기억하고 책을 읽어나가면 좀 더 쉽게 원하는 정보에 도달할 수 있을 거예요.

인플레이션은 왜 일어날까요? 학자들은 사회에 유통되는 통화량, 즉 시중에 돌아다니는 돈의 양이 증가하면 인플레이션이 발생한다고 이야기합니다. (8쪽)

위 글을 읽다 보면 '인플레이션'과 '통화량'이라는 생소한 개념을 만나게 됩니다.

이 개념들은 이 글을 이해하는 데 핵심 키워드이기 때문에 반드시 이해하고 넘어가야 해요. 그런데 우리 친구들은 어떤가요? 글을 읽다 생소한 개념을 접하게 되면 우선 '어려워, 이해할 수 없을 것 같아'라는 느낌을 받게 되고, 결국은 책을 덮어버리게 되지 않나요? 맞아요. 한 쪽에 어려운 단어 3~4개만 나와도 자기 수준보다 어려운 책이라는데, 한 문장에 모르는 개념이 2~3개씩 연달아 나오면 당연히 글을 이해하기 어렵겠죠.

이럴 땐 그냥 한번 쭉 읽어 보세요. 모르는 단어, 모르는 개념이 나와도 살짝 체크만 해두고 그냥 쭉 끝까지 읽어 보는 것이 중요해요. 이렇게 읽는 게 글을 이해하는 데 무슨 도움이 되냐고요? 실제로 꾸준히 글을 읽는 친구들은 자기 수준보다 어려운 책을 만날 때 우선은 한 번 쭉 읽어 보는 모습을 볼 수 있어요.

이렇게 처음부터 끝까지 한 호흡에 읽는 습관을 들이면 결국은 글의 흐름을 통해 내용을 파악하고, 핵심을 짚어내는 능력을 갖게 되거든요. 이렇게 한 번 쭉 읽었다면 읽으면서 모르는 단어나 개념이 나온 부분으로 돌아가 문단을 끊어서 읽으며 설명이 되어있는 부분을 찾아보면 처음 읽을 때 생소했던 개념이 잘 풀이되어 있는 것을 발견할 수 있을 거예요. 윗글의 예에서 밑줄 친 '인플레이션'이나 '통화량'처럼 말이죠. 몰랐던 단어나 개념이 파악되면 글의 내용이 더 잘 이해되겠지요.

독일은 1차 세계대전 후 하이퍼인플레이션 현상을 경험합니다. 전쟁 배상을 해결하기 위해 화폐를 마구 찍어내게 된 거죠. 인쇄기만 돌리면 만들어지고, 만들어진 돈으로 배상금을 해결한다? 아하! 자신이 생각했던 방법이라고 으쓱거릴 필요는 없습니다. 그다음 발생한 일들에 대해선 실망일 테니까요. 바다 위에서 맷돌을 돌리며 '소금아, 나와라'를 외치던 동화가 생각나나요? 그 사람이 어떻게 되었더라? 아마 소금 더미와 함께 바다에 빠져 죽었을걸요. 그 이야기처럼 돈더미에 치여 죽는 사람들이 생겨납니다. 돈더미에 치여 죽는 건 행복한 일이 아니었어요. 돈이 더 이상 쓸모없어진 것이에요. 돈의 가치는 떨어지고 물건값은 엄청나게 오른 것이지요. 많은 돈을 가지고 있어도 살 수 있는 물건이 없었어요. 부자였던 사람들이 순식간에 끼니를 걱정해야 할 만큼 가난해진 거예요. 어떻게 이런 일이 일어날 수 있었을까요? 이 이야기는 화폐 발행으로 인한 인플레이션의 극단적인 사례지만 인플레이션이 어떤 것인지 확실하게 보여줍니다.

이렇게 시중에 돈이 많이 풀려서 화폐 가치가 떨어지는 인플레이션은 우리가 평생 모은 돈을 휴지 조각으로 바꿔 버릴 수도 있습니다. 그런데 정부는 경제 활성화를 목적으로 시중에 돈을 푸는 정책을 펴기도 합니다. 이를 '양적 완화 정책'이라고 하는데, 이는 인플레이션을 유발하는 위험천만한 정책이라고 설명하네요. 인플레이션은 구매력을 감소시키고 개인이 누리는 혜택은 줄어들고, 양적 완화 정책이 계속될 경우, 국가의 부채는 더 늘어나게 된답니다. 이러한 양적 완화 정책은 사실 국민들에게 세금을 거두는 것과 같다는 '인플레이션 텍스' 현상에 관해 이야기하며 양적 완화 정책의 어두운 면을 보여줍니다.

이 책은 낯선 경제용어와 관련 개념들을 파악해야 글 전체를 이해할 수 있습니다. 저자가 책 속에 친절하게 정리해 주는 어려운 경제용어나 개념을 기억하고, 설명을 보충하기 위해 첨부한 표나 그림을 적극적으로 활용한다면 더 효과적인 읽기가 되겠지요.

또 다른 책『세상을 바꾼 미디어』[4]에도 개념 파악하며 읽기 방법을 적용해 볼까요. 제목에서도 짐작할 수 있듯이 이 책의 중심 소재는 '미디어'입니다. 워낙 우리의 삶 가까이에 있는 것이 미디어이니 익숙한 듯하지만, 막상 읽다 보면 알듯 모를 듯한 내용들이 나타나기 시작합니다.

먼저 깔끔하게 정리된 책의 차례를 살펴봅니다.

미디어의 유래, 인쇄술의 발달에 계기가 된 문자 미디어, 전화기와 라디오의 바뀐 운명, 오락 문화의 꽃이 된 영화와 텔레비전, 단순한 계산기에서 사이버 세상을 만들어 낸 컴퓨터까지, 미디어가 품은 뜻밖의 역사와 미디어가 바꾼 사회상, 그리고 미디어에 대한 우리의 자세에 관한 이야기가 펼쳐지는 책이라는 걸 짐작할 수 있습니다.

『세상을 바꾼 미디어』는 다양한 미디어의 종류를 소개하고 미디어의 변천사를 흥미 있는 에피소드를 들어 설명하고 있어서 재미있게 읽힙니다. 더불어 미디어에 대한 좋은 정보도 얻을 수 있습니다. 이 책 역시 낯설고 어려운 개념이나 사상, 용어가 나오지만 간결하고 이해하기 쉬운 문장으로 잘 설명해 주고 있답니다. 그러니까 미리 겁먹지 말고 책 속으로 한 걸음씩 들어가 봅시다.

> 결과적으로 이 책이 의도하는 바는 여러분 스스로 미디어를 삶의 원동력이자 사회를 변화시킬 수 있는 창조적인 수단으로 재인식하도록 돕는 것이다. 미디어의 역사를 아는 것은 단지 정보를 전달하고 매개하는 기술 장치의 계보를 이해하는 것이 아니다. 세상을 바꾼 원동력으로써 미디어를 이해하는 동시에, 세상이 미디어를 만들어 나가는 움직임에 동참하는 것이다. (15쪽)

이제 '머리말 읽기' 입니다. '책이 의도하는 바'는 곧 저자가 말하고자 하는 바이고 그것은 바로 주제를 말합니다. 이런 종류의 책은 너무나 친절해서 머리말에서 주제를 직접 알려주고 시작합니다. 우리의 삶을 둘러싸고 있는 미디어가 지금까지 인류의 삶의 변화에 큰 영향을 미쳐온 것을 확인하고, 아직 오지 않은 새로운 시대를 보다 나은 방향으로 나아가게 하는 데 미디어의 막강한 힘을 잘 이용하는 인간이 되기를 바란다는 이 책의 창작 의도를 미리 알고 책을 읽는 사람은 창작

의도와 맞아떨어지는 내용을 만날 때마다 이해가 한층 깊어지는 경험을 하며 매우 즐거운 독서를 할 수 있으니까요.

미디어의 어원을 설명할 때 심령주의와 영매의 이야기가 나옵니다. 심령주의는 뭐고? 영매는 또 뭐지? 모르는 것의 연속이라고요? 이럴 땐 모르는 것을 잠깐 제쳐 두고 계속 읽어나가라고 했지요. 읽다 보면 바로 다음 문장에서 우리의 궁금증이 해결될 테니까요.

19세기 심령주의가 대두되면서 유령과 사람을 연결하고 소통하도록 하는 '영매'에 관심 있던 지식인들은 보이지 않는 미신적인 존재들과 교류로서 미디어를 만들어 냈습니다. 사람들과 보이지 않는 존재를 연결시키는 '영매', 영어로 'medium'에서 그 복수형인 '미디어(media)'가 유래했다고 설명합니다. 미디어는 서로 다른 존재들 사이를 중개하거나 서로 연결하는 물건이나 시스템이라는 겁니다. 과학이 발달한 오늘날의 기준으로 보면 너무나도 비과학적인 사실이지만, 이것이 과학과 미디어가 발전하는 계기가 됐다니 좀 아이러니하긴 합니다.

또 저자는 뉴미디어 시대를 이렇게 설명합니다. 젊은 예술가들은 새로운 미디어에 매혹되었고, 마리네티[5]의 사상에 열광했고, '미래파 선언'에 영향을 받아 전위주의, 다다이즘, 초현실주의 등의 파격적 현대 예술을 발전시켰다고. 정말 이 책에는 알아야 할 개념과 용어들이 많이 등장합니다. 하지만 조금만 주의를 기울인다면 새로운 개념이나 단어들의 앞뒤 문장에 친절한 풀이가 함께한다는 것도 쉽게 발견할 수 있을 것입니다.

'미래파 선언'은 마리네티가 〈피가로〉라는 잡지에 발표한 유명한 글로, 미디어가 인류의 역사를 획기적으로 바꿀 것이라는 전망을 했다고 합니다. 이러한 과학 기술과 기계 문명을 찬양하는 것이 '마리네티 사상'이라고 설명해 주었네요. 그런데 마리네티는 자기 나라만 뛰어나다고 생각하고, 다른 나라는 배척하는 '국수주의자'였고, 파시스트 당원이며, 전쟁을 옹호하는 사람이었다고 합니다. 이러한 사실 때문에 그를 따르던 많은 사람이 등을 돌렸고, 비난과 조롱의 대상이 되었습니다. 이렇게 사회변화는 예술에도 영향을 미칩니다.

예술가들은 새로운 시대에 대한 경험과 사유와 느낌을 표현하기에 기존의 방식이 부족하다 느꼈나 봅니다. 전위주의와 다다이즘, 초현실주의는 미술과 음악을 비롯한 다양한 예술 분야에서 학교와 선생님, 혹은 선배들에게서 배운 것들을 부정하는 태도에서 비롯되었습니다.

이러한 영향력은 예술뿐만 아니라 정치에까지 미칩니다. 과학 기술은 강력한 대량살상 무기를 만드는 데 이용되었고, 이렇게 갖게 된 강한 무력에 대한 확신과 자기 나라를 중심으로 똘똘 뭉친 국수주의, 민족주의의 확대로 결국은 두 차례 세계대전의 비극을 맞게 됩니다.

구텐베르크의 인쇄 기술은 어떨까요? 책의 대량생산을 가능하게 했고, 이에 따라 책값이 떨어지게 됩니다. 여러 종류의 새로운 책들이 제작되고, 보급되면서 대중들은 자신들이 처한 현실이 부조리한 것을 깨닫고, 이야기하기 시작합니다. 계급을 비판하고, 계층 간의 격차를 줄이려는 움직임이 생겨납니다. 이렇게 해서 암흑의 중세 시대는 막을 내리고, 종교혁명과 산업혁명이 시작됩니다.

중세는 왜 암흑기라는 별명을 갖게 되었을까요? 유럽의 중세는 교황을 중심으로 한 가톨릭교회의 강력한 권력에 장악되어 있었고 인간적 사유와 관련된 모든 학문, 즉 철학, 과학, 예술 등은 신학의 좁은 울타리 밖을 벗어날 수 없었습니다. 조금이라도 벗어나려는 기미가 보이면 교회가 종교재판을 통해 죽음을 선고했기 때문입니다. 중세는 이렇게 오로지 신 중심의 사유만이 가능했으며 자유로운 사유가 막혀버린 사회였습니다. 인간에게는 암흑기가 된 것입니다.

그런데 인쇄매체의 보급이 그러한 시대에 대한 저항을 부추겼나 봅니다. 현실의 부조리, 즉 삶을 억압하는 다양한 문제점에 대해 자각하고, 분노하고, 거리로 나아가 적극적으로 현실을 바꾸는 저항이 일어납니다. 가톨릭교회의 권력은 종교혁명으로 무너졌고, 자유로운 인간의 사유 능력은 다양한 기계의 발명으로 이어졌습니다. 그것이 산업혁명의 밑바탕이 됩니다. 근대가 시작된 것입니다.

인쇄술의 발명으로 일일이 베껴 써야 했던 책이 쇠사슬에서 풀려나듯 자유롭게 대량생산 됩니다. 대중들은 편하게 지식을 습득하게 되지요. 지배층이 지식을 독점하던 사회 구조가 바뀌기 시작한 것입니다. 특정 계층이 독차지하던 지식과 정보가 보통 사람들에게 전달되는 대중 미디어로 거듭난 것입니다.

옛날이나 지금이나 지식을 소유한 사람은 권력과 가까이 있기 마련입니다. 세상을 아는 것은 곧 세상을 이용하고 발전시킬 힘이 되니까요. 그러니 권력을 가진 계층은 그 권력을 독점하기 위해 지식도 독점하려고 했겠지요. 세종대왕의 한글 창제를 관료들이 극구 반대했던 것은 문자의 대중화가 지식의 대중화를 가져올까 우려했기 때문입니다. 지배층은 피지배층이 똑똑해지는 것을 원하지 않지요. 예로부터 독재자는 국민에게 교육적 혜택을 제공하지 않는 '우민화 정책'을 썼습니다.

이렇게 독점이라는 족쇄에서 지식이 해방되었다는 관점에서 미디어의 발달사를 바라본다면 오늘날 디지털 미디어의 대중화는 진정한 지식의 해방과 연결될 수 있을 것입니다. 불과 10여 년 전까지만 해도 책을 출판하는 것은 지식인의 전유물로 여겨졌지만, 지금은 누구나 블로그나 인스타그램, 유튜브와 같은 영상매체를 이용해 자신만의 콘텐츠를 생산하고 대중에게 보여줄 수 있게 되었기 때문입니다.

저자는 미디어를 통해 우리의 삶을 어떻게 변화시켜 나갈 것인지 묻습니다. 미디어가 우리 삶을 규정하는 조건이고, 삶을 바꿀 수 있는 창조적 도구라고 설명합니다. 책에서 다룬 미디어의 역사는 우리 선조들이 그들의 삶을 어떻게 변화시켜 왔는지에 대한 이야기라고 합니다. 이제 우리는 미디어를 통해 삶을 어떻게 변화시킬지 끊임없이 질문하는 태도와 미디어에 종속되지 않고 자신과 타인의 존재 이유를 찾는 적극적인 태도가 필요합니다.

우리가 역사를 배우는 이유는 데이터의 축적에 있습니다. 단순히 역사적 사실들의 나열을 암기하는 축적이 아니라 사건들의 맥락을 파악하여 어떤 조건에서 어떤 사건이 일어날 수 있는지를 이해하는 축적이 이루어지면 현재와 미래에 일어나는 사건들의 배후에 숨겨진 조건들을 읽어낼 수 있기 때문입니다.

지금은 다양한 디지털 미디어들이 개발되는 사건만 보이지만 그 사건들이 우리의 삶에 어떤 영향을 미칠 수 있는지를 예측하려면 지난 미디어들의 영향력이 일으킨 사건들을 이해해야 합니다. 그런 뒤에야 비로소 우리는 미디어에 대한 통제력을 발휘할 수 있습니다. 스마트폰이 나의 삶에 어떤 영향력을 행사하고 있는지를 총체적으로 이해해야 나의 삶을 보다 나은 방향으로 변화시키기 위한 수단으로 스마트폰을 이용할 수 있다는 것입니다.

개념을 파악하며 읽는 방법이 처음에는 좀 어렵게 느껴질 수도 있지만 연습을 통해 익숙해지면 자신도 모르는 사이에 글의 흐름을 이해하는 능력을 얻게 될 거예요. 여기에 더해 같은 주제의 다른 책을 함께 읽어준다면 훨씬 더 책 내용을 잘 파악할 수 있을 겁니다.

『10대를 위한 머니 레슨』
샘 베크베신저 지음, 오수원 옮김, 현대지성, 2023

이 책은 살아가는 데 꼭 필요한 경제관념을 청소년들을 위해 설명한 경제 지침서입니다. 돈의 흐름, 소득과 지출, 용돈, 자산관리, 저축과 소비, 주식투자까지 각각의 개념을 쉽고 친절하게 설명해 줍니다. 저자의 강의를 따라가다 보면 어렵게 느껴졌던 경제 지식이 쌓일 수 있고 좀 더 만족스러운 미래를 설계하는 데 도움이 될 것입니다.

『무섭지만 재밌어서 밤새 읽는 지구과학 이야기』
사마키 다케오 지음, 김정환 옮김, 박지선 감수, 더숲, 2023

지구과학의 관점에서 지진과 화산 폭발, 엘리뇨, 라니냐 같은 이상기후 등이 일어나는 원리를 풍부한 그림, 도표 등의 자료를 이용해 쉽고 재밌게 설명하고 있습니다. 최근 이슈였던 후쿠시마 오염수 방류의 원인이 된 동일본 대지진, 운석 충돌 등 인류를 위협하는 자연재해에 대비하는 방안을 고민합니다. 어렵게 느껴지는 지구과학 용어들의 개념을 파악하고 읽으면 내용을 잘 이해할 수 있습니다.

『챗 GPT가 내 생각을 훔친다면?』
김미주, 책폴, 2023

변호사인 저자가 청소년이 알아야 할 지식 재산권을 설명
해 주는 책입니다. 저작권, 상표권, 특허권이 무엇인지, AI가
제공하는 정보의 저작권은 누구에게 있는지를 여러 사례를
통해 쉽게 이야기합니다. 다른 사람의 창작물을 침해하거나
반대로 내 것이 도용되는 경우가 많은 현실에서 지식 재산
권을 알아야 한다고 강조하고 있습니다. 지적 재산권과 관
련된 법률 용어 등의 개념 설명 부분을 잘 따라 읽기를 추천
합니다.

『공정함 쫌 아는 10대』
하승우 지음, 방상호 그림, 풀빛, 2022

공정함이라는 키워드를 통해 모두가 행복하기 위해 필요한
것들을 이야기합니다. 우리 사회가 공정함을 요구하게 된
사회적 배경과 그 의미와 기준, 해결법을 여러 사례로 풀어
줍니다. 이 책은 기회균등의 원칙, 차등의 원칙, 플랫폼 노
동 등의 개념들을 이해하고 읽으면 청소년들에게 공정함의
가치와 정의에 대해 생각해 보기를 권하는 저자의 의도에
다가갈 수 있답니다.

감정선 따라 읽기

―인물의 감정을 따라가면 사건의 전개가 보여요

감정선을 따라 읽는 방법은 이야기 속 인물을 이해함으로써 글 전체의 흐름과 주제를 파악하기 위한 읽기 방법입니다. 주로 문학 작품, 그중에 소설을 읽을 때 적합한 방법입니다. 소설은 작가가 상상 속의 세계를 독자에게 전달하기 위해 쓴 산문 문학입니다. 우리가 학교에서 소설을 배울 때 꼭 숙지하는 내용이 있습니다. 바로 소설 구성의 3요소인 인물, 사건, 배경입니다. 이 중에서 인물은 소설의 주제를 파악하는 데 매우 중요한 역할을 합니다. 작가는 독자에게 인물의 감정을 전달하기 위해서 인물의 행동과 대화, 생각, 환경 등으로 인물의 성격을 표현합니다. 이러한 소설을 잘 읽기 위한 첫걸음은 인물을 이해하고 공감하는 데에서 시작합니다.

사람들은 보통 소설을 읽을 때 사건을 파악하는 것에 중점을 두고 읽습니다. '무슨 일이 일어났는가?' 그리고 '어떻게 해결됐는가?'가 소설의 중심적인 내용이라고 생각하기 때문입니다. 그런데 사건을 중심으로 소설을 읽게 되면 인물에 대한 이해에 소홀해지기 쉽습니다. 인물을 이해하지 못하고 소설을 읽었다고 할 수 있을까요?

소설은 작가가 설정해 놓은 문제 상황에 놓인 인물이 그 상황 속에서 어떻게 느끼고 생각하고 행동하는지를 표현한 글이기 때문에 등장인물을 이해하는 것은 주제 이해에 매우 중요합니다. 사실 사건은 인물의 감정을 따라가다 보면 자연스럽게 드러나기 마련입니다. 사건은 인물이 일으키는 갈등 상황이니까요. 그러면 인물의 행동과 감정을 알아채기 위해서는 어떻게 해야 할까요?

우선 글을 읽으면서 감정이나 태도를 나타내는 단어를 찾아보는 겁니다. 기쁨이나 슬픔, 분노 등의 감정을 표현한 어휘를 찾고 그런 느낌을 갖게 된 까닭을 앞뒤 내용에서 찾아보는 겁니다. 이렇게 보면 이 감정이 어디에서 비롯되었는지 알 수 있겠지요.

마사 누스바움[6]이라는 학자도 감정은 문학의 구조 자체에 설계되어 있어 독자가 공감할 수 있게 한다고 했습니다. 우리가 소설을 읽을 때 경험하게 되는 연민, 분노, 기쁨, 슬픔 등의 감정을 말하는 것이겠지요. 인물의 감정에 공감할 수 없다고 하더라도 소설은 인간의 마음이 그려지는 이야기라는 점은 분명한 사실입니다. 그러므로 문학을 읽을 때에는 인물의 감정을 파악하는 것이 가장 중요한 읽기 전략일 것입니다.

등장인물의 다양한 감정을 따라가며 읽다 보면 인물의 생각과 입장에 따라 다르게 나타나는 관점과 인물이 처한 상황에 공감할 수 있게 됩니다. 공감은 곧 우리가 한편의 작품을 제대로 읽어냈다는 것을 의미합니다. 이제 작품 속 등장인물의 감정 변화를 따라가며 소설을 읽어 볼까요.

먼저 『헨쇼 선생님께』라는 작품을 살펴볼 거예요. 이 소설은 리 마커스 보츠가 2학년 때부터 6학년까지 '개를 즐겁게 해주는 방법'의 작가 헨쇼 선생님에게 편지를 쓰는 형식으로 쓰인 서간체(편지글 형태) 소설이에요. 책의 구성이 좀 특이한데 내지가 두 가지 색으로 구분되어 있답니다. 노란색 종이 페이지의 글은 주인공 리가 헨쇼 선생님께 보내는 편지이고, 하얀색 종이 페이지의 글은 리의 비밀 일기입니다. 그래서 어린 소년 리가 보고, 느끼고, 생각하고, 고민한 흔적을 고스란히 엿볼 수 있어요.

『헨쇼 선생님께』는 '리'라는 소년의 내밀한 심리에 초점을 맞추어 읽어야 비로소 사건이 보이는 대표적인 소설입니다. 무턱대고 사건을 찾으려고 보면 부모님의 이혼이라든가, 도시락 도난 사건 같은 것들이 보이지만 정작 '리'는 그 사건에 그렇게 연연하지 않고 그럭저럭 잘 버티며 살아갑니다. 그래서 독자는 엄마와 단둘이 사는 가난한 어린 소년의 일상을 얄팍하게 이해하고 시시한 소설로 이 책을 기억하게 되기 쉽습니다.

하지만 헨쇼 선생님이 리에게 '어떤 일이 너를 짜증 나게 하니?'라는 질문을 했을 때 리가 하는 대답을 듣다 보면 조금씩 리의 마음속이 보이기 시작합니다.

리는 짜증 나는 일이 한두 가지가 아니라고 대답합니다. 자신의 도시락을 훔쳐 가는 아이들 때문에 짜증 나고, 코 흘리는 아이들을 봐도 짜증이 난다고 말합니다. 또 학교에 천천히 걸어가는 것도 짜증 나는 일이라고 말합니다. 리는 집에 혼자 있는 것이 싫어 일찍 집을 나서서 엄마와 함께 학교에 가는데, 천천히 가기 위해 보도 블럭을 한 장한 장 밟거나 뒤로 걸으며 가려고 해도 학교에 일찍 가게 된다고 합니다. 문제는 학교에 일찍 가도 시작종 치기 10분 전에야 운동장에 들어갈 수 있기 때문에 교문 밖에서 기다려야 한다는 것입니다.

학교에 천천히 걸어가기 위해 애써야 하고, 학교에 일찍 도착해서 문이 열릴 때까지 교문 밖에서 기다려야 하는 리의 마음을 생각해 보았습니다. 저라면 당연히 집에서 느긋하게 빈둥대다가 학교에 갔을 테니까요. 쓸쓸함을 견딜 수 없다는 건 어떤 마음일까요? 그리고 리는 아빠가 엄마와 자신을 보고 싶다고 말하지 않는 것이, 자기 이름을 부르지 않는 것이 짜증스럽다고 합니다. 무엇보다 아빠가 전화를 하지 않을 때 화가 난다고 하고요. 이런 리의 마음은 엄마가 일찍 일을 하러 나가서 하루 종일 혼자 집에 있었던 어느 일요일의 사건과 긴밀하게 연결됩니다.

> 아무리 기다려도 아빠한테서 전화가 오지 않았어요. 저는 기다리다 지쳐 결국 수화기를 집어 들고 베이커즈필드에 있는 아빠 전화번호를 눌렀어요. 시외전화라서 1번을 먼저 누르는 것도 잊지 않았죠. 저는 단지 아빠가 사는 이동 주택에 전화벨이 울리는 걸 듣고 싶을 뿐이었어요. (76쪽)

기다림과 그리움이 쌓이고 쌓여 아빠의 공간에 전화벨이 울리는 것으로라도 아빠와 연결되고 싶은 리의 마음이 느껴지나요? 아빠가 전화를 하지 않는 건 트럭을 타고 이곳저곳을 돌아다니고 있기 때문이라고, 이동 주택에 도착만 하면 자신에게 바로 전화를 걸 거라고 철석같이 믿고 있는 리의 마음이 느껴지나요? 그런데 아빠가 전화를 받았어요. 이동 주택에 있으면서도 전화를 걸지 않았던 것입니다. 이러한 리의 상황을 이해해야 리가 아빠에게 느낀 슬픔과 야속함에 공감할 수 있습니다.

리의 이러한 감정은 아빠가 자신의 집에 왔을 때 해소됩니다. 아빠는 지나가는 길에 왔다고 했지만 먼 길을 돌아 자신과 엄마가 보고 싶어서 왔다고 생각했기 때문입니다. 그래서 '그럼 또 보자!'라는 간단한 말 한마디에서도 자신을 사랑하는 감정을 느낍니다. 이렇게 리는 아빠가 엄마와 자신을 그리워하는 게 분명하다는 생각이 들자 기분이 좋아집니다.

리는 엄마와 아빠가 서로 원하는 삶이 달라서 이혼한 것을 잘 알고 있습니다. 엄마가 바쁜 건 자신과 엄마를 위해 열심히 살기 때문이라는 것도 잘 알고 있습니다. 사랑하는 개, 산적을 잃은 것이 아빠의 잘못이 아니라는 것도, 자신은 혼자서 저녁도 못 먹고 있지만 그래도 아빠는 누군가와 맛있는 저녁을 먹을 수 있다는 것을 잘 알고 있습니다. 리는 자신의 도시락에 자꾸 손을 대는 누군가에게 어쩌면 이해할 만한 이유가 있을지 모른다는 생각도 할 줄 아는 아이입니다.

그런 리가 아빠에게 화가 났던 것을 이해하기 위해서는 리에게 정말 중요한 것이 무엇인지를 알아야 합니다. 리는 멀리 떨어져 있는 아빠가 늘 자신과 엄마를 생각하고 그리워하고 사랑하고 있다는 것을 확인하고 싶었을 뿐입니다. 그래서 그것이 확인되자 화를 풀 수 있었습니다.

이렇게 『헨쇼 선생님께』는 특별한 사건 없이 소소한 일상들로 채워져 있지만 외로운 소년 리의 감정선을 따라가며 읽다 보면 어느새 쓸쓸함과 외로움과 서글픔과 야속함과 그리움이라는 감정들에 흠뻑 빠져들어 리의 마음에 공감할 수 있게 됩니다.

이어서 읽어 볼 『봉주르, 뚜르』[8]도 『헨쇼 선생님께』처럼 소설 속 사건보다는 사건을 전개하는 인물의 감정이 더 중요한 작품입니다. 『봉주르, 뚜르』는 제11회 문학동네 어린이문학상 대상 수상작으로 극작가와 연극 연출가로 활약하고 있는 한윤섭의 첫 장편 동화입니다. 남북의 분단 문제를 다루고 있지만, 통일의 필요성을 설득하거나 민족 문제가 중요하다고 강조하지는 않습니다. 남과 북의 두 소년이 만나고 헤어지면서 느끼는 감정을 통해 우리가 마주한 분단 현실의 아픔을 담담하게 이야기합니다.

자, 그럼, 주인공 봉주와 토시의 감정선을 따라가며 이야기 속으로 들어가 봅시다.

이야기는 봉주의 가족이 프랑스의 작은 소도시 뚜르로 이사하면서 시작됩니다. 주인공 봉주는 새로운 집에서 책상에 적힌 '한글' 메모를 발견하게 되고 그 낙서를 쓴 사람을 추적하게 됩니다. 봉주가 비밀을 풀어가는 과정이 마치 추리소설처럼 짜여져 매우 흥미롭습니다.

봉주는 새집의 2층 자기 방이 무척 마음에 듭니다. 자기만의 공간이 생긴 것 같았거든요. 열두 살 봉주가 프랑스에서 보는 첫 달이 방 안을 비춥니다. 불 꺼진 방에 들어오는 달빛이 신기해서 손으로 달빛이 들어오는 길을 막았다 풀어주기를 반복합니다. 이사 첫날 침대에 누워 아직은 낯선 방 창문으로 들어오는 달빛으로 장난을 치고 있는 봉주의 기분 좋은 설렘이 느껴집니다. 그러다가 낡은 책상 옆면에 적혀있는 희미한 낙서를 발견하고 가슴이 두근거리기 시작합니다. 무엇이 갑자기 봉주의 가슴을 두근거리게 만들었는지 궁금해집니다.

> '사랑하는 나의 조국, 사랑하는 나의 가족'과 한 뼘 정도 떨어진 곳에서 '살아야 한다'를 또 찾아냈다. (14쪽)

봉주의 눈길을 사로잡은 것은 좀처럼 프랑스와는 어울리지 않는 한글로 쓰인 낙서였습니다. 게다가 그 내용은 무척 절박해 보입니다. '조국'이라는 말은 우리가 평소에 잘 사용하지 않는 단어니까요. 그래서 봉주가 낙서를 보고 독립운동가를 떠올린 것이 이해됩니다. 봉주는 여기서 멈추지 않고 이 낙서의 주인을 찾아 나섭니다. 결국 봉주는 낙서의 주인을 찾지만, 주인이 누구인가는 크게 중요하지 않았습니다. 탐색 과정에서 더 큰 진실과 마주하게 되니까요.

봉주는 같은 반 친구였던 일본인 토시가 그 낙서와 관련이 있다고 생각했습니다. 그래서 토시네 가게로 토시를 찾아가 그런 낙서를 쓴 이유를 한국말로 묻습니다. 그때 토시의 눈동자가 불안한 듯 흔들거립니다. 토시 엄마도 토시 삼촌도 굳은 표정으로 토시처럼 서 있기만 했습니다. 봉주는 이 긴 침묵의 시간을 누군가 어떤 말이든 해서 깨주기를 바랍니다.

진실과 마주한 봉주는 괴롭습니다. 토시네 가족은 일본인으로 가장하여 정체를 숨긴 채 살아가던 탈북민이었던 것입니다. 자신의 호기심이 한 가족의 안전한 일상을 깨뜨렸다는 것을 알았을 때는 너무 늦은 후였습니다. 고요만이 흐르는 가게 안에서 토시의 가족이 느꼈을 공포가 느껴지나요? 엄마를 보고 일그러진 얼굴이 된 토시의 괴로움이 느껴지나요? 봉주가 알고 싶어 한 진실은 한 가족의 안전이 위협받는 일이었던 겁니다. 토시의 가족은 고향을 그리워했지만, 고향으로 돌아가게 되는 상황은 두려운 일이었습니다. 그래서 토시는 어느 누구에게도 자신의 진짜 모습을 보여주지 못한 채 가면을 쓴 삶을 살아야 했어요. 정체가 들킬 위기에 처하면 서둘러 이사를 가야 하기 때문에 친구를 사귀기도 어려웠습니다. 토시의 지독한 외로움이 전해지는 것 같습니다.

토시를 알게 되면서 두려움과 호기심이 섞인 복잡한 심경을 겪은 봉주는 토시가 떠나간 뒤 토시와의 우정을 그리워하고 토시와 이별할 수밖에 없는 현실에 아픔을 느낍니다. 한국 현대사의 한 단면인 분단의 아픔을 담고 있는 『봉주르, 뚜르』는 어디에도 속하지 못하는 경계를 살아가는 사람들의 이야기이기 때문에 사건 자체보다 그들의 슬픔에 공감해야 주제에 더 가깝게 다가갈 수 있습니다.

이번에는 손원평의 『아몬드』[9]를 인물의 감정선을 따라 읽어 보려고 합니다. 『아몬드』는 등장인물들이 타인과 관계를 맺고, 서로의 감정에 공감하며 성장하는 모습을 보여줍니다. 주인공 선윤재는 '감정표현 불능증'이라는 병을 가지고 있습니다. 사람의 뇌에는 감정, 특히 공포와 관련된 감정을 담당하는 아몬드(아미그달라)라 불리는 편도체가 있습니다. 윤재는 태어날 때부터 이 아몬드가 작아서 감정을 느끼지도 표현하지도 못하는 아이였습니다. 웃지 않는 아기, 친구가 넘어져 다쳐도 바라만 보는 아이 윤재가 평범하게 살기를 바라는 마음으로 엄마는 감정을 단어로 알려주는 주입식 감정교육을 합니다. 그렇게 학습된 감정과 할머니와 엄마의 사랑 속에서 윤재는 별 탈 없이 자라게 됩니다. 그런데 열여섯 살 생일인 크리스마스 날 느닷없이 할머니와 엄마가 '묻지 마 살인'의 희생자가 되고 세상에 홀로 남게 되지요.

홀로 남겨진 윤재는 감정을 느끼지 못한다는 이유로 사람들로부터 괴물 취급을 받게 됩니다. 그런 윤재에게 새로운 인연들이 등장합니다. 남의 심장을 돌보느라 아내의 심장병 치료 시기를 놓쳐 사별한 심 박사, 어릴 때 부모의 손을 놓쳐 보육원에서 자랐고 13년 만에 부모 품에 돌아오지만, 상처와 분노로 가득 찬 곤이, 부모의 반대에도 자신의 꿈을 향해 달리는 도라, 이들을 통해 감정이라는 걸 느끼게 되고 성장해 갑니다.

눈앞에서 엄마와 할머니가 칼에 찔리고, 피를 흘리고 죽어 가는데 윤재는 아무것도 하지 못합니다. 할 수 있는 건 점점 피로 물드는 유리문을 바라보는 것뿐이었죠. 학습된 윤재의 감정에 이런 상황은 없었던 겁니다. 이렇게 처참한 장면을 보고도 아무런 동요 없는 감정을 상상할 수 있나요? 윤재뿐 아니라 거기 있는 모두가 마치 연극의 한 장면을 보는 관객이었다고 표현됩니다. 사람들은 할 수 있는 게 없다며 외면하고, 공포와 두려움이 너무 크다며 아무도 나서지도 행동하지도 않았지요. 자신이 불행하다고 남의 행복을 무참히 짓밟는 살인자, 살인 현장을 보고도 연극 보듯이 가만히 서 있는 사람들, 모두가 공감 불능증이라는 생각이 듭니다.

> -잘난척 되게 하시네. 나같음 매일 밤 열받고 억울해서 잠도 못 자겠다. 사실 이 얘기 듣고도 며칠 잠 못 잤는데, 나였음 그 새끼 내 손으로 죽였어.
> -미안하다. 나 때문에 잠까지 못 자고.
> -미안? 할머니 죽었을 때 눈물 한 방울 안 흘렸다면서, 나한테 미안하단 말은 할 줄 아냐? 겁나 매정한 새끼네. (144쪽)

곤이는 윤재를 이해할 수 없습니다. 할머니가 죽었을 때 눈물 한 방울 안 흘린 윤재를 매정한 새끼라며 비난합니다. 사실 곤이는 자기 대신 엄마의 마지막을 함께했던 윤재가 미워서 악에 받쳐 소리를 지르고 욕설을 퍼부으며 화를 낸 것입니다. 하지만 윤재는 '난 네가 원하는 걸 해줄 수 없어'라고 감정 없이 말하죠. 곤이는 반응 없는 윤재에게 분노 대신 호기심을 느끼기 시작합니다. 감정을 느끼지도 표현하지도 못하는 윤재와 자신의 상처를 분노로 표출하며 차라리 감정이 없었으면 좋겠다는 곤이의 마음이 헤아려지나요?

윤재는 엄마가 운영하던 헌책방을 운영하며 겨우 목숨을 건진 엄마의 회복을 기다립니다. 윤재에게 호기심을 느끼고 책방을 찾는 횟수가 점점 늘어나던 곤이는 이제 다른 감정이 커집니다. 윤재의 베인 손에서 빨간 피가 흐르는 것을 보고 휴지를 말아 손을 잡아주며 안 아프냐며, 피가 나면 아픈 거라고 화를 냅니다. 증오가 섞인 분노에서 호기심을 넘어 안타까운 마음에 이르러 화를 낸 것이죠. 곤이는 윤재에게 나비로 고통의 감정을 가르쳐주기로 합니다. 나비의 날개를 잡아당기고 찢으며 윤재에게 느낌을 묻지만 덤덤하게 불편해 보인다고, 아플 거라고 대답하죠. 그런 윤재에게 곤이는 또 화를 냅니다. 곤이는 윤재에게 계속 화를 내고 있지만, 처음부터 윤재를 이해할 생각이 없었다면 화를 내지도 묻지도, 알려주려고 하지도 않았을 겁니다.

이런 윤재와 곤이를 보며 따뜻한 관심을 주는 심박사 아저씨가 있어요. 백지와 다름없는 윤재에게 즐겁고 예쁜 걸로 연습하라고, 좋은 걸로 많이 채우는 편이 좋다고 합니다. 찾아오지 않는 곤이가 신경 쓰여 아저씨께 물어보는 윤재에게 '곤이가 했던 방법이 네가 할 수 있는 것'이라는 대답을 해줍니다. 이 대목에서 우리는 윤재의 변화를 눈치챌 수 있어요. 곤이를 신경 쓴다는 건 윤재의 백지같은 감정에 점 하나쯤은 찍혔다는 의미일 수도 있으니까요.

윤재의 마음에 변화의 바람을 일으킨 또 한 사람이 있어요. 바로 같은 반 친구 '도라'입니다. 윤재가 어떤 상황을 이렇게 자세히 묘사해 낸 적은 없으니까요. 윤재는 도라를 만나면서 이상한 감정을 느끼게 됩니다. 도라를 보는 순간, 파도 소리를 듣고, 하늘에서 태양이 빛나고 있는데도 눈앞이 온통 낙엽들로 가려지는 기분을 경험합니다.

소설의 마지막에 윤재가 감정의 물꼬를 트며 느끼기 시작할 때 엄마도 오랜 혼수상태에서 깨어납니다. 감정을 느끼지도 표현하지도 못했던 윤재의 감정 성장기인 『아몬드』는 소설 곳곳에 위치한 감정의 포인트들을 잘 따라가며 읽으면 소설이 전하는 메시지를 더 잘 이해할 수 있게 됩니다. 분노로 가득 찬 곤이와의 관계에서 우정을 배우고, 씩씩하게 꿈을 향해 달리는 맑은 도라를 통해 사랑을 느끼게 되고, 어른인 심박사의 조언에서 따뜻함을 느끼는 등 윤재의 변화는 곧 윤재의 성장을 보여주지요.

지금까지 등장인물의 감정을 중심으로 세 편의 소설을 살펴보았어요. 『제수 선생님께』는 아빠를 그리워하는 소년 리의 감정을 중심으로 읽고, 『봉주르, 뚜르』는 정체를 숨기고 살아야 하는 토시의 외로움을 중심으로, 『아몬드』는 감정표현 불능증인 윤재가 우정, 사랑, 공감 등의 감정을 느끼게 되는 과정을 따라 읽어 보았지요. 앞에서 살펴본 것처럼 '감정선 따라 읽기'는 무슨 일이 있었는가, 사건이 어떻게 해결되었는가보다 인물의 정서를 세심하게 살피며 감정 변화를 따라가며 읽는 것입니다. 그러다 보면 자연스럽게 사건이 따라오지요. 애써 찾으려고 하지 않아도 말입니다. 세상의 많은 사건이 일어나는 이유는 인간의 감정 때문이니까요.

『나의 라임 오렌지 나무』
J.M.바스콘셀로스 지음, 박동원 옮김, 김효진 그림, 동녘, 2010

가난한 가정에서 태어났지만 똑똑하고, 영리한 제제는 말썽
이 심하다는 이유로 학대받습니다. 하지만 밍기뉴라는 라임
오렌지 나무에 속마음을 이야기하며 위로받고, 뽀르뚜가 아
저씨의 관심과 사랑을 받으며 성장합니다. 어린 제제의 호
기심이 성가심으로 외면받을 때의 슬픔, 자신의 이야기에
귀 기울여 주는 뽀르뚜가에 대한 사랑과 기쁨, 갑작스런 뽀
르뚜가의 죽음으로 사랑하는 사람과의 이별을 겪는 감정을
살피며 읽어 보세요.

『고스트』
제이슨 레이놀즈 지음, 이은주 옮김, 사파리, 2020

가정폭력, 학교 폭력, 계층 갈등 같은 무거운 주제를 유머
러스하고 담담하게 풀어내고 있습니다. 캐슬은 알콜중독인
아버지가 가족을 향해 겨눈 총을 피해 달리기 시작했습니
다. 총소리에 대한 공포와 여러 가지 어려운 상황에도 불구
하고 육상팀에 들어가면서 캐슬은 자신의 꿈을 찾고 내적
으로 성장해 갑니다. 스스로를 '고스트'라 부르며 자신을 '화
가 나고, 슬프고, 절규가 가슴속에 가득한 놈'이라고 생각하
는 캐슬, 이런 주인공의 감정을 살피며 읽다 보면 그의 심정
에 공감하고 그를 응원하게 됩니다.

『체리새우:비밀글입니다』
황영미 지음, 문학동네, 2019

무엇보다 친구가 소중한 다현의 심리변화를 세심하게 보여
주는 소설입니다. 은따였던 다현이가 다섯 손가락 멤버가
되고, 그 자리를 지키기 위해 전전긍긍합니다. 멤버들이 싫
어하는 은유와 짝이 되면서 좋은 친구의 의미를 생각해 보
고, 자신을 소중히 여기고 당당해지기까지의 다현의 변화
하는 감정을 따라 읽으면 사건의 흐름을 이해하고 주제에
도달하게 됩니다.

『그리운 메이 아줌마』
신시아 라일런트 지음, 햇살과 나무꾼 옮김, 사계절, 2017

12살 고아 소녀 서머는 메이 아줌마와 오브 아저씨와 함께
살게 되면서 행복과 가족의 사랑이 무엇인지 알게 됩니다.
메이 아줌마가 죽은 후 어린 서머와 오브아저씨가 좌절과
상실감을 극복해 가는 과정을 보여줍니다. 메이 아줌마에
대한 오브 아저씨의 슬픔과 그리움, 슬퍼하는 오브 아저씨
를 위로하는 클리스터의 엉뚱함과 밝음, 메이 아줌마를 잃
은 슬픔과 그리움을 꾹꾹 눌러 참아오다가 폭발하여 눈물
흘리는 서머의 마음 등 인물들의 감정선을 따라 읽으면 더
큰 감동을 느낄 수 있답니다.

발품 팔아 읽기

—아는 만큼 보여요

글을 읽고, 이해하는 데 바탕이 되는 경험과 지식을 '배경지식'이라고 합니다. 작품과 관련해 내가 알고 있는 것, 내가 경험한 것 등의 배경지식을 잘 활용하면 작가가 작품을 통해 전달하고자 하는 의미를 제대로 파악할 수 있습니다. 배경지식이 있느냐 없느냐에 따라서 글을 이해하는 정도와 속도가 다르게 나타나기 때문에 배경지식을 갖추는 것은 독서에 있어 중요합니다.

아마 여러분도 어려서부터 책 읽는 습관을 들여야 하고, 다양한 장르의 책들을 고루 읽어야 한다는 말을 들어왔을 거예요. 확실히 다양한 분야의 책을 다독하는 사람은 배경지식을 많이 가지고 있긴 합니다. 이런 사람들은 책을 읽을 때 자신이 가지고 있는 배경지식을 활성화해서 내용에 적용하며 읽기 때문에 훨씬 더 수월하게 책의 주제와 작가의 의도까지 파악할 수 있습니다. 아는 만큼 보이는 거죠. 그렇다면 배경지식은 어떻게 해야 생기는 걸까요? 책을 많이 안 읽었다고요? 혹은 과학책만, 소설만 읽는다고요? 그렇더라도 걱정할 필요는 없어요. 이제부터 읽기에 앞서 배경지식을 채우는 방법에 대해 살펴볼 거니까요.

어떤 책을 만나든지 두려워할 필요 없어요. 사실 배경지식을 풍부하게 지닌 사람도 그걸 꺼내서 활용하지 못한다면 아무짝에도 쓸모가 없거든요. 그래서 보통은 책을 읽기 전 책에 관한 전체적인 탐색을 하는 거예요. 제목도 보고, 표지도 보고, 저자가 누구인지도 살피고요. 또 목차와 서문을 읽고요. 대부분 이 부분에 책의 전개 방향이나 작품을 이해하기 위해 어떤 배경지식이 필요한지가 나타나거든요. 여기서 이미 내 머릿속 어딘가에 관련된 배경지식이 있다면 떠올려 책 내용과 연결 지으면 되는 것이죠. 만약 앞으로 읽을 글과 관련된 배경지식이 없다면 이제부터 발품을 팔아 배경지식을 쌓아가면 되는 거고요.

발품을 판다는 건 말 그대로 앞으로 읽을 글의 배경지식을 하나하나 찾아서 내 것으로 만드는 과정이에요. 가장 쉽고 빠른 방법이 읽을 책과 관련된 영상을 찾아보는 겁니다. 유튜브나 교양 예능, 다큐멘터리, 영화 등등을 통해 직관적이고 쉽게 정보를 습득할 수 있으니까요. 또 관련 분야의 조금은 쉽고 가벼운 책들로 접근하는 방법도 있습니다.

예를 들어 관련 주제의 다른 책이나 만화책, 입문용 책 등을 읽으며 간접 경험을 통해 배경지식을 쌓는 겁니다. 또 다른 방법으로 직접 경험이 배경지식이 되기도 합니다. 직접 겪은 살아있는 경험은 우리의 머리와 가슴에 깊이 각인되어 있기 마련입니다. 누군가와 사랑하고 이별했던 경험은 문학 작품 속 인물의 감정을 이해하는 데 도움이 되고, 장수풍뎅이나 장수하늘소 같은 곤충을 키워본 경험은 곤충의 생태에 관한 책을 읽을 때 그 경험이 배경지식이 되어 이해의 폭을 넓혀 줍니다. 우리의 경험들이 모여서 배경지식으로 쌓이고, 이렇게 쌓인 소중한 경험을 꺼내서 활용하여 책을 읽으면 됩니다.

그러나 우리의 배경지식은 고정되어 있지 않습니다. 새로운 환경과 자극들에 의해 변합니다. 그래서 계속 수정하고 다듬어야 하지요. 심리학자 피아제에 따르면 사람의 인지 발달은 환경과 상호 작용하며 이루어지는 과정입니다. 우리의 '스키마', 즉 배경지식은 '동화, 조절, 평형화'로 이루어진다고 합니다. 여기서 '동화'는 자기가 가지고 있는 배경지식에 새로운 자극과 정보를 저장하는 것입니다. '조절'은 이렇게 저장한 새로운 정보들을 수정하고 업데이트하는 과정입니다.

이렇게 계속되는 동화와 조절 과정을 통해 새로운 상황에서 일관성과 안전성을 이루려는 시도인 '평형화'에 이르는 것입니다. 평형화는 다시 기존의 배경지식(스키마)이 되고, 동화-조절-평형화의 과정을 반복한다고 합니다.

우리가 과거에 습득했던 정보와 배경지식이 현재에 유효하지 않은 경우도 있습니다. 과학 기술이 발달하면서 과거에 기정사실이었던 진리가 수정되기도 하고, 새롭게 등장한 이론이나 현상에 의해 수정된 정보들도 있습니다. 이렇게 우리의 배경지식은 우리의 노력 여하에 따라 계속 변화하고 쌓여갑니다. 책을 잘 읽기 위해서는 배경지식이 필요하고, 배경지식을 쌓기 위해서는 꾸준한 독서와 유연한 정보의 습득 과정이 필요한 것입니다.

그럼, '발품 팔아 읽기 전략'을 문학 작품에 적용해서 읽어 볼까요? 루쉰의 『아Q정전』[10]이란 작품을 읽어 봅시다.

먼저 책의 모습부터 살펴볼까요? 저자와 제목이 보이네요. '루쉰 소설선 『아Q정전』' 여기서부터 이 책에 대한 정보를 살필 수 있어요. 루쉰 소설선이라 했으니 장르는 소설일 거고, 제목이 『아Q정전』인 걸 보면 아Q라는 인물의 일대기를 그린 이야기일 거라고 짐작하게 될 거예요. 『아Q정전』과 같은 고전을 제대로 이해하려면 작품을 쓸 때 작가가 처해 있던 시대적 배경과 그 시절에 살았던 작가의 생각을 아는 것이 중요합니다.

그러면 대체 루쉰은 어떤 작가일까요? 자, 이제부터 발품을 팔기 시작해야겠네요.

루쉰이란 작가를 이미 접해 본 사람도 있겠지만 처음이라면 알아 봐야겠죠? 별로 어렵지 않을 거예요. 대부분 책장을 넘기면 책날개에 작가의 기본 정보를 친절하게 보여주니까요. 그리고 책 뒤쪽에 작가의 연보가 수록되어 있을 거예요. 보통은 한 번 쭉 읽고 넘어가면 돼요. 더 궁금하면 정보의 바다 인터넷 검색을 해도 좋겠죠.

이 책의 저자 루쉰은 중국 근현대 문학의 아버지라고 불리며, 중국 문학사를 대표하는 작가입니다. 그는 작가를 넘어 사상가이자 혁명가이기도 했어요. 중국 현실을 변화시키는 데 공헌한 인물이기도 합니다. 그는 단편집의 서문에서 의사였던 자신이 문학의 길로 들어선 이유를 설명합니다. 처음 의학을 공부한 이유가 아버지를 죽음에 이르게 한 전통적인 한의술에 대한 불신과 반감 때문이었다고 합니다. 아픈 사람들이 아버지와 같은 죽음을 맞지 않게 치료하고 싶다는 사명감이 있었던 것 같습니다.

그런 그가 일본 유학 시절에 우연히 보게 된 슬라이드에서 러일전쟁 당시 간첩으로 몰려 일본인에게 처형되는 중국인의 모습을 보고 문학의 길로 돌아서게 됩니다. 그 모습에서 그는 일본인의 잔혹성보다 처형을 당하는 동포를 구경하듯 보고 있는 중국인들의 방관자적 모습에 충격을 받았다고 하네요. 그 일을 계기로 의사의 길을 포기하고 글을 쓰게 됩니다.

그는 아무리 몸이 건장하고 튼튼해도 정신이 어리석으면 아무 소용이 없다고 생각합니다. 그래서 육체의 병이 아니라 정신의 병을 치료해야 한다고 주장합니다. 정신을 뜯어고치기 위해 필요한 것은 '문예'라고 생각하고, 문예 진흥 운동에 뛰어듭니다. 동지를 찾고, 잡지를 출판하고, 계급과 미신을 타파하려 하고, 구시대적 관념에 사로잡혀 있는 중국인을 비판하는 글을 주로 썼습니다.

『아Q정전』이 쓰여진 시기인 1920년대는 청나라가 멸망(1911년)하고 새로운 중국을 만들어 가는 과도기입니다. 신질서와 구질서가 끊임없이 대립하는 전환의 시기였어요. 수천 년 동안 이어지던 군주제가 무너지고 주권을 상실한 중국인들은 고통받았습니다.

자신의 조국이 망해가고 있는 것을 바라보는 지식인의 마음은 어땠을까요? 청나라 말기 지식인이었던 루쉰은 조국이 처한 현실을 직시하고 그곳에서 자신이 해야 할 일을 찾기 위해 애쓴 행동하는 지식인이었습니다. 그는 중국이 근대국가가 되기 위해서는 청 왕조를 무너뜨리는 것만으로는 충분치 않다고 생각했습니다. 중국 민중이 근대국민으로 재탄생하지 않으면 근대국가는 빈껍데기나 다름없다는 말이지요. 그래서 소설을 통해 민중에게 다가가기로 합니다.

루쉰에게 '소설을 쓴다'는 의미는 지금의 소설가들과는 많이 달랐던 것 같습니다. 그 시대에 소설은 아직 문학의 한 갈래로 인정받지 못했기 때문입니다. 그는 소설을 쓰기 위해 고전 문어체를 버리고 백화체(구어체)를 씁니다. 중국 민중들이 읽을 수 있는 소설을 쓰는 것이 목적이었기 때문입니다. 권위 있고 고급스러운 지식인의 글을 포기하고 민중의 눈높이에 맞춘 글을 쓴다는 것은 루쉰에게 큰 모험이었을 겁니다. 그러나 그의 소설은 저속하지 않았습니다. 그로 인해 백화체가 시대정신을 담아낼 수 있는 문체로 인정받게 됩니다.

『아Q정전』은 루쉰이 자신의 시대적 소명을 담아 쓴 소설입니다. 아Q라는 인물이 그렇게 기이하게 그려진 것도 그 때문입니다. 루쉰은 청나라 민중이 근대 국민으로 인식의 전환을 일으키기 위해선 괴롭더라도 철저한 자아 성찰이 이루어져야 한다고 생각했습니다. 그는 청나라 민중들의 전근대적이고 어리석은 모습의 종합 선물 세트로 아Q를 만든 것입니다. 그러니 아Q는 뭐 하나 내세울 만한 것이 없는 비루한 인물로 형상화 되었습니다.

『아Q정전』의 전반부는 아Q의 정신 승리법에 대한 것이고, 후반부는 신해혁명에 관한 이야기입니다. 작품 속에는 당시 중국에서 일어난 일들이 곳곳에 스며들어 있는데요, 특히 '신해혁명'이라는 사건을 배경으로 이야기가 전개됩니다. 청 왕조는 혁명군 진압을 위해 위안스카이를 파견하지만, 그는 혁명군과 손을 잡아 도리어 청을 멸망시킵니다. 하지만 혁명 역시 중국을 변화시키지 못한 실패한 혁명이라 할 수 있습니다. 그 이유를 웨이주앙 마을의 상황과 주민들의 입을 통해 보여쭙니다.

혁명이 시작되고, 마을의 민심은 점점 안정되어 가는데 혁명당이 성안으로 들어왔지만 변화의 조짐은 보이지 않습니다. 이름만 바뀌었을 뿐 모든 관직의 관리자도 그대로였어요. 단지 변발을 자른다는 소문만이 두려울 뿐이었죠. 웨이주앙 사람들은 그마저도 크게 겁낼 일이 아니라고 생각합니다. 원래 성안에 가는 일이 드물었고, 볼일이 있어도 안 가면 그만이라고 생각하죠. 아Q도 옛 친구를 만나러 성안에 가려던 계획을 취소해 버립니다.

이와 같은 상황을 비춰봤을 때 루쉰이 신해혁명에서 깨달은 것은 명확했을 것입니다. '근대 국민 없이는 근대국가 또한 없다.' 신해혁명으로 청제국에서 중화민국으로 국명을 바꾸는 데에는 성공했지만 세상은 바뀐 것이 없었지요. 웨이주앙 사람들의 삶에는 변화가 없었으니까요. 민중의 삶에 변화를 주지 않는 혁명의 무용함을 루쉰은 절실하게 느꼈을 것입니다.

이 작품에 가장 큰 영향을 준 신해혁명에 관해 조금 더 알아볼게요. 제국주의 열강의 침략이 극심해지던 청나라 말기, 청 왕조로부터 독립한 열일곱 개 성의 대표는 쑨원을 대총통으로 선출하고, 1912년 중화민국 임시정부를 수립합니다. 청 왕조는 혁명 진압을 위해 위안스카이에게 혁명군 토벌을 명령하지만, 위안스카이는 배신하고 혁명파와 손을 잡지요. 쑨원은 혁명의 성공을 위해서 위안스카이에게 임시대총통 자리를 양보합니다. 권력을 잡은 위안스카이는 청 왕조의 마지막 황제인 선통제를 위협해 퇴위하게 함으로 봉건 왕조 청나라는 완전히 멸망하게 됩니다. 신해혁명은 위안스카이의 독재와 이어지는 제2혁명, 제3혁명으로 혼란의 시대로 가는 문을 엽니다. 근대국가를 건설하는 데 실패했기 때문에 결국 미완의 혁명이 되고 말았지만, 이천 년 까까이 지속되었던 황제 지배체제를 종식시킨 사건이라는 의의가 있습니다.

당시 시대 상황은 나라 안에서 일어났던 혁명만이 문제가 아니었어요. 청은 영국, 일본과도 한 판 붙게 되지요. 영국과의 무역 불균형으로 아편전쟁이 일어납니다. 영국은 중국의 차, 비단, 도자기의 자국 내 수요가 늘어나면서 그 대가로 지급한 막대한 양의 은이 중국으로 흘러 들어가게 되자 무역 불균형을 해결하려고 몰래 인도산 아편을 청에 수출합니다. 이후 중국인들은 아편 중독에 빠지고, 중국의 아편 수입량이 폭발적으로 증가하게 됩니다. 영국으로 유출되는 은이 많아지자, 청은 아편 밀무역을 강하게 단속합니다. 그러자 영국은 청의 이러한 조치가 자유무역에 어긋난다는 이유로 전쟁을 일으킵니다. 그래서 이 전쟁을 '아편전쟁'이라고 부르지요.

조선을 차지하기 위해 일어났던 청일전쟁은 동아시아 전통의 '중국 중심 질서'에 종지부를 찍고 신흥 일본을 동아시아 지역의 강자로 등장시킨 전쟁입니다. 당시 아시아에서 대립하던 영국과 러시아 등 제국주의 열강 간의 영토 분할 경쟁에서 영향을 받았습니다. 이 전쟁으로 조선은 오랜 청의 종주권에서 벗어났지만, 동시에 일본 제국주의의 침략 대상으로 전락해 인적, 물적으로 혹독한 착취를 당하며 결국 나라를 빼앗기에 됩니다. 아편전쟁과 청일전쟁에서 모두 패배한 상황을 청나라 사람들은 어떻게 받아들였을까요?

> 그러나 그는 금세 패배를 승리로 바꾸어 놓았다. 그는 오른손을 들어 자기 뺨을 힘껏 연달아 두 번 때렸다. 얼얼하게 아팠다. 때리고 나서 마음을 가라앉히자 때린 것이 자기라면 맞은 것은 또 하나의 자기인 것 같았고, 잠시 후에는 자기가 남을 때린 것 같았으므로-비록 아직도 얼얼하기는 했지만-만족해하며 의기양양하게 드러누었다. 그는 잠이 들었다. (77쪽)

아Q는 어느날, 평소 자신이 무시하던 건달들에게 형편없이 얻어터집니다. 이런 경우 우리는 인정할 수 없는 현실에 괴로워할 것입니다. 그리고 어쩌다 자신이 이렇게 되었는지 생각하며 다시 싸워 이기기 위해 대책을 마련하겠지요. 그런데 아Q는 특유의 자기합리화를 통해 그 괴로움에서 쉽게 벗어납니다. 루쉰은 청일전쟁에서 진 청나라의 상황을 이렇게 보았던 것입니다. 감히 변방의 오랑캐인 일본에게 지다니요. 청나라 입장에서는 쓰디쓴 패배였을 겁니다. 그런데도 청나라 사람들은 그 충격으로부터 아무것도 배우지 못합니다.

아Q는 건달들뿐만 아니라 자신이 항상 무시했던 왕털보에게도 변발을 휘어 잡습니다. 그가 손찌검을 한다는 것은 상상할 수도 없는 일이었기 때문에 생애 최초의 굴욕이라 말하기는 하지만 그가 군자가 아님을 안타까워하며 역시나 '정신 승리법'으로 극복합니다.

아Q는 마을 사람들에게 억울한 일을 당할 때마다 스스로 위안거리를 찾습니다. 있지도 않은 아들이 최고로 훌륭할 거라는 생각, 과거에 잘 살았다는 자부심 등 위안의 세계는 현실에 없습니다. 노름판에서 사람들에게 얻어맞고, 그 고통을 잊겠다고 하는 짓이 힘껏 자기 뺨을 때리고 남을 때렸을 때와 같이 만족스러워하는 것입니다.

아Q는 사람들에게 모욕당하기, 변발 휘둘리기, 벌금 내기, 외면당하기가 일상입니다. 그런 상황에서 그의 대응은 상대를 노려보다가 자신의 처지를 오직 '생각으로' 위대하게 바꿔 버립니다. 그래서 늘 패배했지만 언제나 승리자가 되어 의기양양하게 살아갑니다.

루쉰은 아Q라는 인물을 통해서 무엇을 이야기하고 싶었던 걸까요? 무시당하는 것을 반복하지 않으려면 괴롭지만 무시당할 때의 모멸감을 떠올려 기억해야 합니다. '왜 패배했는지? 왜 모욕을 당했는지?'에 대한 본질적인 의문을 가지고 해답을 찾으려고 노력해야 합니다. 그런데 아Q는 자신의 상황을 바꾸기 위한 질문을 하지 않아요. 아니 처음부터 의문을 가져야 한다는 인식조차 없습니다. 패배에 대한 인식이 전혀 없는 상태로는 계속해서 무시당하고, 모멸감을 느끼며 살 수밖에 없을 겁니다.

아Q가 하는 '정신 승리법'은 자기보다 강한 자에게 위협받을 때 자신을 더 높은 위치에 있다고 생각함으로써 스스로가 우월하다는 허상에 빠지는 것이고, 또는 스스로 상대보다 더 낮은 위치로 낮춤으로써 상대를 비하하는 냉소주의자가 되는 것입니다. 어떤 선택을 하든 자신의 상황을 직시하여 해결하려 노력하지 않는 패배주의가 되는 것입니다. 작가는 아Q라는 인물을 통해 아편전쟁과 청일전쟁에서 패하고도 여전히 자신의 나라가 최고라고 생각하는 청나라 사람들, 신해혁명 시기에 몰락할 수밖에 없었던 중국 농민의 모습을 보여주고 싶었던 것 같아요. 패배와 모욕을 직시하지 않고 망각해 버리고, 변화하는 세상에서 자의식 없이 정신 승리하는 중국 민중들을 비판하고 깨우고 싶었던 것입니다.

자, 어떤가요? 『아Q정전』이 품고 있는 큰 뜻이 보이나요? 격변하는 시대에 조금이라도 조국의 재기에 도움이 되고 싶었던 루쉰의 간절한 마음이 느껴지나요? 『아Q정전』이 현실을 직시하지 못하고 자기합리화로 도피하려는 모든 인간에게 큰 울림을 줄 수 있는 이유는 작품의 스토리 이면에 조국을 향한 간절한 소망을 담은 루쉰이라는 거인이 버티고 있기 때문일 것입니다.

이번에는 우리 문학 작품인 박완서의 『그 많던 싱아는 누가 다 먹었을까』[11]를 발품을 팔아 읽어 봅시다. 이 작품은 박완서 작가의 어린 시절부터 성인이 될 때까지의 이야기를 담은 자전적 소설입니다. 앞서 읽은 『아Q정전』과 마찬가지로 소설의 시대적, 역사적인 배경을 알고 읽어야 그 시대를 살았던 작가의 생각과 삶이 투영된 이야기를 더 잘 이해할 수 있습니다.

먼저 책의 제목이 우리를 사로잡네요. 『그 많던 싱아는 누가 다 먹었을까』란 제목을 보고 어떤 생각이 드나요? 싱아가 뭐지? 누가 다 먹었다는 거지? 제목에서부터 우리의 호기심을 자극하지요? '싱아'는 매듭풀과의 여러해살이풀로 만주와 한반도의 산에 흔히 자라고, 줄기와 잎에서 신맛이 나는 풀이랍니다. 소설 속에서 싱아는 어떤 의미일지 생각하며 읽는 것도 흥미롭겠네요. 서문에서부터 작가는 이 소설을 자신의 기억력에 기대어 쓴 소설이라 고백합니다. 소설을 읽다 보면 작가 박완서의 유년 시절과 성장기를 알 수 있습니다. 그리고 책 뒤쪽에 작가의 연보까지 첨부되어 있어서 기본 정보를 쉽게 파악할 수 있어요.

『그 많던 싱아는 누가 다 먹었을까』는 일제강점기에서 해방 후의 혼란한 시대를 거쳐 6.25전쟁을 지나 어른으로 성장해 가는 주인공 '나'와 가족의 이야기에요. 그 시대 우리나라 사람들이 어떠한 상황에서 무슨 일들을 겪으며 살았는지를 잘 보여줍니다. 주인공 '나'는 일제강점기에 송도 근처 박적골이라는 작은 마을에서 태어났습니다. 아버지가 일찍 죽고 할아버지의 사랑을 받으며 박적골의 소박한 자연환경

속에서 자랍니다. 하지만 엄마는 아버지의 죽음이 신교육을 받지 못하고 미신을 믿은 어른들 탓이라고 생각하고, 서울로 이사하고 주소를 속여 나를 명문 초등학교에 입학시킵니다.

> 나는 불현듯 싱아 생각이 났다. 우리 시골에선 싱아도 달개비 만큼 흔한 풀이었다.(중략)
> 나는 상처 난 몸에 붙일 약초를 찾는 짐승처럼 조급하고도 간절하게 산속을 찾아 헤맸지만 싱아는 한 포기도 없었다. 그 많던 싱아는 누가 다 먹었을까? (81쪽)

주인공은 현저동 달동네 집에서 성곽 안에 있는 학교에 다니며 인왕산의 풀과 나무, 새들을 살핍니다. 서울 아이들도 풀을 먹는다고 생각하며 송이째 먹은 아카시아꽃에 비위가 상해 헛구역질을 하고, 이를 가라앉혀 줄 싱아를 찾아보지만 어디에도 없습니다. '나'에게 서울 생활은 싱아를 먹지 못해 울렁거리는 속처럼 낯설고 어색합니다. '나'는 방학이면 박적골 할아버지 댁으로 돌아가는데 시골에 지천이던 싱아가 예전만큼 싱싱하지 않고, 없어졌다고 생각합니다. 정말로 더 이상 싱아가 자라지 않는 걸까요? 누군가 싱아를 다 먹어버린 것일까요? 이는 '나'가 겪은 환경적, 시대적 상황 변화의 혼란을 은유적으로 표현한 것입니다. 자신이 살던 박적골과 서울 현저동 집의 차이, 일제강점기, 해방, 전쟁을 통해 겪은 이념의 혼란과 고통, 슬픔을 싱아에 빗대고 있는 것입니다.

그런 중에 할아버지가 돌아가시고, 집안 어른들과 오빠 사이에 창씨개명의 문제로 갈등이 생깁니다. 일본식으로 이름을 바꾸지 않으면 입학이나 취직을 할 수 없고, 여러 압력이 가해졌지만, 숙부들과 달리 오빠는 창씨개명에 강력하게 반대합니다. '나'는 의지가 강하고 논리적인 오빠의 모습을 보며 멋지다고 생각하죠.

소설의 시대적 배경이 된 일제강점기는 제국주의 일본이 우리나라를 식민지배한 1910년부터 1945년까지를 말해요. 일본은 우리나라를 사회, 경제적으로 수탈했고, 민족 말살을 목표로 여러 정책을 만들고 강요합니다. 우리 말과 글을 금지하고, 우리 역사 교육도 금지했지요. 소설 속 '나'가 학교에서 일본어로 교육받고, 황국신민 맹세를 외우고, 창씨개명을 강요당하는 것이 그 시대에 우리 민족이 실제로 겪어야 했던 일들입니다. 또 일본이 일으킨 중일전쟁 때문에 쌀과 생필품까지 배급받으며 궁핍한 생활을 해야 했지요.

해방을 맞고 오빠는 당시 유행처럼 번진 공산주의에 잠시 빠져들지만, 곧 관심을 접고 교사가 되어 결혼도 합니다. 1950년 '나'는 서울대에 입학하지만 그해 6월 25일 전쟁이 터지자, 오빠는 인민군에게 의용군으로 끌려가고 가족은 '빨갱이'라고 의심받게 됩니다. '나'와 가족에게 참기 힘든 가혹한 시련이 닥칩니다. '나'는 경찰에 끌려가 온갖 수모를 당하고, 작은 숙부는 처형당합니다. 이후 중공군의 개입으로 1.4

후퇴가 시작되고, 몸과 마음이 만신창이가 된 오빠가 돌아옵니다. 또다시 빨갱이로 오해받지 않기 위해서 피난을 가야 했지만 총에 맞아 다리를 다친 오빠 때문에 피난을 가는 척만 하기로 하고 현저동으로 숨어듭니다.

6.25 전쟁이 시작되면서 '나'의 집 주변을 인민군과 국군이 교대로 점령하며 이념의 혼란을 겪는 주인공과 사람들의 모습을 보여줍니다. 점령군이 바뀔 때마다 멋대로 편을 갈라 상대에게 총질을 서슴지 않았던 시대였어요. 이념의 옷을 아침, 저녁으로 갈아입는 세상을 살았던 '나'가 느꼈을 세상에 대한 두려움과 혼란이 그대로 전해집니다.

> 나만 보았다는데 무슨 뜻이 있는 것 같았다. 우리만 여기 남기까지 얼마나 많은 고약한 우연이 엎치고 덮쳤던가. 그래, 나 홀로 보았다면 반드시 그걸 증언할 책무가 있을 것이다. 그거야말로 고약한 우연에 대한 정당한 복수다. 증언할 게 어찌 이 거대한 공허뿐이랴. 벌레의 시간도 증언해야지. 그래야 난 벌레를 벗어날 수가 있다. (283쪽)

결국 '나'의 가족만이 텅 빈 도시에 남게 됩니다. '나'는 다음 날 아침 집 밖으로 나옵니다. 한눈에 내려다보이는 텅 빈 도시에서 공포와 공허를 느낍니다. 자신이 목격한 진실을 언젠가는 글로 쓸 것 같은 예감을 느끼며 공허를 몰아냅니다.

작가는 소설을 통해 국민을 역사의 그늘 속에 숨어 사는 벌레로 만들었던 무능하고 타락한 권력을 고발하고 있는 것은 아닐까요? 벌레가 되지 않기 위해서, 자신이 알고 있는 진실을 세상에 알리기 위해 작가에게 글쓰기는 절실했던 것 같습니다. 글쓰기를 통해 시대를 증언함으로써 전쟁의 기억과 상처에서 벗어날 수 있다고 생각했고, 허물을 벗고 양지로 나올 수 있었다고 합니다.

평소에 '전쟁의 상처로 작가가 됐다'라고 이야기했던 박완서 작가는 『그 많던 싱아는 누가 다 먹었을까』에 일제강점기와 한국전쟁 등의 경험을 자신의 성장 과정과 함께 풀어냈습니다. 소설의 바탕이 된, 작가가 살아 온 시대의 역사적 배경을 알고 읽으면 작가가 소설을 통해 전하는 이야기에 쉽게 다가갈 수 있습니다.

『알로하, 나의 엄마들』

이금이 지음, 창비, 2020

사진으로 선보고 결혼하여 낯선 하와이로 간 버들, 홍주, 송화의 삶을 보여주는 소설입니다. 그들은 일제강점기에 가족에게 도움이 되고 공부할 수 있다는 희망으로 사진결혼을 선택하는데요. 더 나은 삶을 꿈꾸며 고향을 떠난 이들은 서로에게 가족이 되어 주며 어려움을 극복합니다. 근현대 하와이 이민사를 알아보면 작품을 이해하는 데 도움이 될 것입니다.

『가짜 영웅 나일심』

이은재 지음, 좋은책어린이, 2017

아빠의 사업 실패로 갑자기 가난해진 일심이는 자신이 만든 허상을 진짜라고 믿으며 살아갑니다. 감당할 수 없는 변화에 현실 세계를 부정하고 거짓말을 인지하지 못하며 자신이 만든 망상 속에서 살아가는 것이죠. 이것을 리플리 증후군이라고 합니다. 주인공 일심이의 심리변화를 이해하기 위해 이 장애를 배경지식으로 아는 것이 필요합니다.

『동급생』
프레드 울만 지음, 황보석 옮김, 열린책들, 2017

1930년대 독일 슈트트가르트를 배경으로 유대인 소년과 독일인 소년의 우정을 그린 소설입니다. 그들의 우정은 슈바벤 지역의 아름다운 풍경 속에서 학문과 시를 논하며 깊어집니다. 그러나 유대인과 유대인을 싫어하는 독일 귀족이라는 점과 히틀러와 나치가 등장하며 이들의 우정은 금이 가기 시작합니다. 제2차 세계대전 당시 히틀러가 자행한 유대인 정책이 평범한 시민들에게 미친 영향을 보여주는 작품입니다.

『허클베리 핀의 모험』
마크 트웨인 지음, 윤교찬 옮김, 열린책들, 2018

이 책은 미시시피 강을 따라가며 백인 소년 허클베리 핀과 흑인 노예 짐이 겪게 되는 모험 이야기입니다. 그들의 모험 이야기 속에는 19세기 말 남부 사회에 뿌리 깊게 자리한 흑인들이 열등하다는 인식이 내재 되어 있어요. 그래서 백인들의 인종 차별이 의식적, 무의식적으로 나타납니다. 이러한 시대적 특성과 흑인들의 삶을 알아보고 읽는다면 허클베리 핀의 모험이 그려내는 재미와 함께 자유의 여정이 의미하는 바를 이해할 수 있을 것입니다.

5

퍼즐 맞추며 읽기

−예측하며 읽기

누구나 한 번쯤 퍼즐을 맞춰본 경험이 있을 거예요. 퍼즐을 잘 맞추려면 조각들의 연관성을 잘 찾아야 합니다. 관찰력과 주의·집중력이 필요한 일이지요. 지금부터 우리가 이야기할 읽기 전략이 바로 이 퍼즐 맞추기와 비슷합니다. 차이가 있다면 퍼즐은 전체 내용을 이미 알고 거기에 맞춰 부분을 연결해 가는 반면 '퍼즐 맞추며 읽기'는 전체 내용을 찾아가는 과정에서 부분을 맞추어 가며 읽어야 한다는 것이지요.

그래서 설명문이나 논설문 같은 비문학 관련 글보다는 문학 갈래의 글에서, 특히 서사 갈래(소설)나 극 갈래(희곡, 시나리오 등)의 글을 읽을 때 유용한 읽기 전략입니다. 설명문이나 논설문에서 다루는 정보는 전문적인 분야가 많아서 글쓴이는 최대한 독자가 읽기에 편하도록 글을 씁니다. 독자에게 친절한 글이어야 한다는 거지요. '처음-중간-끝'과 같은 3단 구성의 형식이 있는 이유도 그 때문입니다.

하지만 문학에서는 사랑이나 이별 그리고 우정과 같은 인간의 삶에서 겪을 수 있는 사건을 주로 다루기 때문에 익숙한 형식이나 구성은 독자의 관심을 끌지 못합니다. 우리가 영화나 드라마를 볼 때 앞으로 전개될 내용이 쉽게 예측되면 '뻔하다', '진부하다'와 같은 반응을 보이는 것과 같은 것입니다. 문학이 글쓴이의 개성을 드러내는 글이라는 말을 들어 본 적이 있지요? 작가는 자신만의 독특한 관점으로 예리하게 인간의 삶을 관찰하고 그 내용을 독자에게 전달하기 위한 효과적인 방법을 고안해 내야 합니다. 그래서 문학 작품에서는 인물들의 관점과 입장에 따라 내용이 퍼즐 조각처럼 조각나 있는 경우가 종종 있습니다. 작가가 독자에게 그런 조각들을 연결하라고 요구하는 것이지요. 그렇게 주의를 기울이며 조각들을 연결하는 과정에서 독자는 익숙해서 무관심했던 삶의 한 단면을 새롭게 발견하기도 합니다.

내용이 조각조각으로 흩어져 있다는 말은 서술 방법이 다양하다는 말과 같습니다. 사건이 시간의 순서에 따라 전개되지 않고 과거와 현재를 넘나들며 전개되거나 한 작품 안에서 시점이 혼재되어 나타나기도 하고, 장면 전환이 빈번하게 일어나기도 합니다.

대화 도중 무엇인가를 물어보았는데, 바로 대답을 하지 않고 다른 이야기를 하다가 시간이 지난 다음에 대답을 하는 경우를 생각해 보세요. 앞에서 한 질문을 기억하지 않는 한 대답한 말을 이해하기 힘들 겁니다. 문학 작품에는 이렇게 내용을 차근차근 알려주지 않고 띄엄띄엄 알려주거나 심지어 아예 알려주지 않는 경우도 있습니다. 딱 맞는 조각이 없는 채로 이야기가 끝나버리지요. 독자는 이 조각들을 맞추어 가다가 생기는 빈 공간을 스스로 메꾸어야 합니다. 작품을 읽으며 앞뒤 맥락을 연결하고 빈 공간을 채워 가며 의미를 구성해야 하는 것입니다.

아무래도 6단계 읽기 전략의 막바지로 오다 보니 좀 어려운 얘기를 하게 되네요. 그러나 너무 걱정할 필요는 없습니다. 우리는 이미 초등학교 시절 책 읽기에서 책의 제목, 차례, 그림 등 글에 나타난 정보를 단서로 전개될 내용을 예측하는 읽기를 경험했습니다.

또한 1단계 읽기 전략 '뻔뻔하게 골라 읽기'에서 목차를 보고 어떤 내용인지 예측하여 골라 읽어 보았고, 3단계 읽기 전략 '감정선 따라 읽기'에서 말과 행동에 숨겨진 인물의 감정을 추론하는 읽기도 해 보았습니다.

작가는 의미 없는 글을 나열하는 것이 아니라 예측을 가능하게 하는 단서를 제공하며 글을 전개합니다. 퍼즐 맞추기에서 퍼즐 조각들을 떠올려 보면 금방 이해할 수 있을 것입니다. 퍼즐 조각들은 처음부터 조각으로 만들어진 것이 아니라 전체를 만든 후에 조각낸 것입니다.

그러므로 우리가 읽게 되는 부분들은 모두 전체와 긴밀하게 연결되어 있습니다. 만약 연결부분이 매끄럽지 못한 조각이 나온다면 그것은 글을 비판적으로 생각해 볼 만한 부분이 될 수 있습니다. 자신의 논리를 갖추어 그 조각이 전체 내용과 어울리지 않는다는 내용을 근거로 들어 펼친다면 훌륭한 독서감상문이 될 거예요.

이제 이런 조각들이 실제로 작품 속에서 어떻게 전개되고 있는지 살펴보고 '퍼즐 맞추며 읽기' 전략을 이용하여 내용을 파악해 보겠습니다.

이번에 살펴볼 작품은 E.L.코닉스버그의 『퀴즈 왕들의 비밀』[12]입니다. 이 작품은 제목부터 심상치가 않습니다. '퀴즈'에 '비밀'까지, 처음부터 뭔가를 숨기고 시작하는 느낌이 물씬 풍기네요. 쉽게 내용을 알려줄 것 같지 않습니다. 이 작품은 총 열두 부분으로 나누어져 있습니다. 1부터 4까지는 각각 노아, 나디아, 에탄, 줄리안을 서술자로 하는 내용이 이어집니다. 서술자가 매번 바뀌는 것이지요.

각 부분의 시작과 5부터 12까지는 3인칭 서술자가 올린스키 선생님의 시각에서 이야기합니다. 서술자가 이렇게 빈번하게 바뀌면 독자는 정신이 없습니다. 여러 사람이 각자의 입장에서 하는 말에 계속 귀기울여야 무슨 일이 있었는지를 알 수 있으니까요.

올린스키 선생님의 학교가 퀴즈대회 강자를 물리치고 예상치 못한 우승을 한 뒤 퀴즈대회 담당자인 선생님은 사람들에게 질문을 받습니다.

"퀴즈대회에 나갈 팀원을 어떻게 뽑았습니까?" (9쪽)

이 질문에 올린스키 선생님은 팀원들이 조화를 이루며 열심히 노력한 덕분이라는 엉뚱한 대답을 합니다. 올린스키 선생님도 팀원들을 어떻게 뽑았는지 정확히는 잘 모르기 때문이지요. 퀴즈대회를 준비했던 선생님이 팀원을 뽑아놓고 그 이유를 모른다니 앞뒤가 맞지 않습니다.

게다가 노아, 나디아, 에탄, 줄리안을 팀원으로 뽑는 과정에서 다른 선생님들의 반발도 있었습니다. 공정한 예선전을 거쳐 가장 우수한 학생을 팀원으로 뽑아야 한다는 선생님들의 의견을 받아들이지 않고 올린스키 선생님 마음대로 뽑았기 때문이지요. 그런데도 그 이유를 모른다니요. 뭔가 부정한 내막이라도 숨어 있는 걸까요?

우리는 이런 상황을 네 명의 1인칭 서술자가 나올 때마다 맞닥뜨립니다. 교육위원이 질문지를 읽고 참가 학생이 버저를 누르는 순간 이야기는 버저를 누른 학생 이야기로 바뀝니다. 서술자가 바뀌는 것이지요. 서술자가 바뀔 때마다 퀴즈대회 이야기는 잠깐 멈추고 그들의 이야기가 시작됩니다.

첫 번째 1인칭 서술자는 센추리 마을에서 마가렛 할머니와 아이지 할아버지의 결혼식을 본 노아입니다. 두 번째 서술자인 나디아는 아이지 할아버지의 손녀이지만 할아버지의 결혼식에 가지 않아서 그곳에서 노아를 만나지는 못했습니다. 그 결혼식 전에 나디아의 부모님이 이혼을 하고 나디아는 엄마와 함께 원래 살던 플로리다를 떠나 엄마의 고향인 에피파니로 왔기 때문이지요. 나디아의 엄마는 치과의사인 노아의 아빠 병원에서 일하고 있습니다. 세 번째 서술자인 에탄은 '나디아'의 할아버지와 결혼한 마가렛 할머니의 손자입니다. 마가렛 할머니는 나디아의 엄마가 노아의 아빠 병원에서 일할 수 있게 도와준 분이지요.

이 내용이 중요한 이유는 나디아 때문입니다. 나디아는 부모의 이혼과 전학이라는 갑작스러운 변화에 적응하지 못하고 있었거든요. 플로리다에서의 생활에 만족하던 나디아는 모든 것이 달라진 에피파니에서의 삶이 그저 싫기만 했습니다. 그래서 엄마의 취직을 도와준 마가렛 할머니나 그 할머니의 손자인 에탄에게까지 곱지 않은 시선을 보내지요.

마지막은 에탄이 통학 버스에서 만난 줄리안입니다. 줄리안은 갓 전학 온 학생이고 아메리카 원주민입니다. 학교 버스에서부터 다른 학생들에게 괴롭힘을 당하게 되지요. 그런 줄리안을 도운 것이 에탄입니다. 그리고 줄리안은 노아와 나디아와 에탄에게 초대장을 보내 모이게 하고 '영혼들'이라는 모임을 만듭니다. 올린스키 선생님이 '영혼들'의 존재를 모르는 상태에서 그들은 퀴즈 대회 팀원으로 뽑은 것이지요.

어떤가요? 분리된 줄 알았던 사건들이 그물처럼 연결되어 있었네요. 주인공들의 이야기와 함께 퀴즈대회 이야기도 계속됩니다. 퀴즈왕들이라 전제하고 시작된 이야기라 예상은 했지만, 퀴즈의 정답은 에피파니 팀, 즉 '영혼들'로 구성된 퀴즈왕들이 척척 맞추고 있네요. 우리에게 중요한 것은 누가 그것을 맞추느냐가 아니라 퀴즈의 정답이 주인공들 각자의 경험과 만나는 과정입니다.

노아는 노인들이 모여서 말년을 보내는 센추리 마을에서 방학을 보냅니다. 그곳에서 만난 틸리 할머니에게 캘리그래피를 배우지요. 그래서 캘리그래피가 무슨 뜻이며 어느 나라 말에서 유래된 것인지 묻는 문제에 답할 수 있었습니다.

나디아는 부모님이 이혼하기 전까지 살던 플로리다를 사랑합니다. 그곳의 바다 거북이도 사랑하지요. 그래서 그곳을 갑자기 떠나야 했을 때 주위 어른들에게 화가 많이 났습니다. 아무도 자신과 상의하지 않았거든요. 그래서 엄마의 취직을 도와준 마가렛 할머니에게도 화났고 아무 책임이 없는 할머니의 손자 에탄에게 화난 마음을 드러내고 말죠.

그런데 에탄의 반응이 흥미롭습니다. 다짜고짜 자신에게 화를 내는 나디아를 보며 황당해하거나 불쾌해하지 않거든요. 나디아가 자신에게 아무 얘기도 하지 않는 어른들에게 화가 난다고 소리치는데 에탄은 할머니가 나디아에게 자신과 형의 얘기를 하지 않은 것에 미소를 짓습니다. 아니 정확히 말하면 자신의 얘기도 하지 않은 것처럼 형의 얘기도 하지 않은 것에 만족합니다. 형과 자신을 똑같이 대했으니까요. 에탄의 형은 에피파니에서 유명합니다. 다방면으로 출중한 실력을 갖춘 형의 그늘에 가려져 있던 에탄은 자신의 있는 그대로의 모습을 알아봐 준 '영혼들'이 가장 소중합니다.

나디아는 방학 동안 플로리다에 가고 그곳에서 마가렛 할머니와 함께 바다거북이 알을 폭풍우에서 지켜주는 일을 합니다. 그리고 해안에서 알을 깨고 나온 바다 거북이가 다시 알을 낳으러 해안으로 돌아올 때까지 15년이라는 긴 시간 동안 북대서양을 오르락내리락하며 살아간다는 사실을 알게 됩니다. 거북이의 알이 생존할 수 있게 도우며 마가렛 할머니가 자신의 엄마를 도와준 일을 이해하게 되고 플로리다와 뉴욕주를 오르내리는 자신의 삶이 바다 거북이와 닮았다는 것에 위로받습니다. 그래서 '해초가 아주 많기로 유명한 북대서양 지역의 이름은 무엇이며 그곳의 생태학적 중요성은 무엇인가?'라는 질문에 쉽게 대답할 수 있었지요.

에탄은 나디아의 개, 진저가 연극 무대에 오를 수 있게 도우면서 무대연출이라는 자신의 꿈을 드러냅니다. 에탄은 이미 먼 곳으로 대학을 간 형과 달리 가업인 농장을 이어받아야 한다는 부담을 느끼고 있었기 때문에 아무에게도 자신의 꿈을 말하지 못한 외로운 아이였지요. 에피파니 토박이인 에탄의 부모님뿐만 아니라 지역 사회의 모든 사람들이 에탄이 가업을 잇는 것을 당연하게 생각했으니까요. 그래서 아이들에게 괴롭힘을 당하던 줄리안을 외면할 수 없었을지 모릅니다. 상처받아 본 사람은 상처받는 누군가의 고통에 훨씬 쉽게 공감할 수 있으니까요.

줄리안을 도운 에탄은 줄리안이 만든 '영혼들' 덕분에 비로소 있는 그대로의 자신의 모습을 인정받는 행복감을 느낍니다. 그리고 퀴즈대회에서 유서 깊은 집안의 조상들에 관한 질문이 나오자 쉽게 대답합니다. 에탄이 어렸을 때부터 귀가 따갑게 들은 이야기니까요.

줄리안은 노래하는 엄마와 요리하는 아빠가 일하는 여객선에서 태어나 남다른 어린 시절을 보냈습니다. 그런 남다름 때문에 쉽게 괴롭힘의 대상이 되기도 하지만 그 남다른 안목으로 '영혼들'을 모으는 구심점이 되기도 합니다. 거기에는 올린스키 선생님도 예외가 아니었지요. 줄리안은 이런 아이답지 않은 진중함으로 퀴즈대회에서 당당하게 교육위원의 오류를 찾아냅니다.

교통사고로 휠체어를 타게 된 올린스키 선생님은 회복 후 학교에 복직하지만, 갑자기 바뀐 상황에 적응이 쉽지 않았습니다. 게다가 주변 사람들이 장애에 대해 갖고 있는 편견을 드러낼 때마다 상처를 입는 것은 어쩔 수가 없었습니다. 그 상처를 따뜻한 마음으로 지켜보던 '영혼들'이 올린스키 선생님의 눈에 띈 것은 어쩌면 당연한 일이었을지도 모릅니다.

이제 처음 질문으로 돌아가 봅시다. 퀴즈대회에 나갈 팀원들을 어떻게 뽑았을까요? 퀴즈대회에서 예상치 못한 결과를 낼 때마다 팀원들을 뽑은 이유를 묻는 사람들이 많아집니다. 성적이나 예선전 등, 일반적으로 이해할 수 있는 방법으로 뽑지 않았기 때문에 사람들의 호기심을 더 자극했을 것입니다. 올린스키 선생님은 당당하게 "다 이유가 있습니다."라고 말하지만 제대로 설명하지는 못합니다. 그렇다면 팀원으로 '영혼들'을 뽑게 된 이유는 무엇일까요? 줄리안의 아빠 싱 씨는 다음과 같이 말합니다.

> "선생님 원자를 보세요. 그 둘레에는 에너지가 있지요. 눈에 보이지는 않지만 어쨌든 결과를 나타내지 않나요?" (193쪽)

싱 씨는 보이지 않는 에너지가 그들을 뽑게 했다고 말합니다. 올린스키 선생님도 싱 씨의 말을 부정하지 않습니다. 어쩐지 팀원들을 뽑은 이유를 올린스키 선생님보다 싱 씨가 더 잘 알고 있는 것처럼 보입니다. '영혼들'이 매주 줄리안의 집에서 모임을 갖기 때문일까요? 실링턴 저택에 모여 자신들의 모습을 솔직하게 드러내며 이야기하는 '영혼들'의 모습은 아주 편안해 보입니다. 아늑한 공간이 될 수 있었던 것은 실링턴 저택이기 때문일까요? 그곳에 모인 사람들의 마음 때문일까요?

올린스키 선생님은 교육학자로서 자부심이 강한 교육감 로머 박사와 대화하면서 마치 비꼬는 듯한 자조적 말투로 '영혼들'을 소개합니다. '유대인 한 명, 반(半)유대인 한 명, 앵글로색슨계 백인 청교도인 한 명, 인디언 한 명'이라고 말입니다. 그야말로 미국 사회의 축소판 같지요? 그런데 그들이 미국 사회에서 차지하는 비중을 들여다보면 '영혼들'과는 차이가 큽니다. 유대인과 인디언(아메리카 원주민)은 미국 사회에서 비주류에 속합니다. 여기에 올린스키 선생님은 장애인이네요.

사회적으로 작은 목소리를 가진 사람들을 소수자 혹은 사회적 약자라고 합니다. 에탄을 제외한 주인공들이 그렇습니다. 에탄은 사회적으로는 약자가 아니지만 개인적으로 상처를 많이 가지고 있지요. 가장 가까운 가족에게서 받은 상처 말입니다. 작가는 이런 캐릭터들을 모아 놓고 이들의 삶을 촘촘하게 연결합니다.

이야기의 퍼즐을 맞추어 가며 '영혼들'의 삶을 만나는 과정에서 우리가 일상적으로 주고받은 대화나 무심코 한 행동이 때로는 누군가의 마음에 깊은 상처를 남길 수 있다는 것을 알게 됩니다. 그리고 마지막 퍼즐 조각을 맞추는 순간, 사실은 아주 오래전부터 서로가 서로를 위로하고 있었다는 것을 깨닫게 됩니다. 서로의 상처를 이해하고 상대방이 홀로 설 수 있을 때까지 따뜻하게 지켜보며 기다려 주는 것만으로 이미 우리는 연결되고 있다는 것을 보여주는 것이지요.

『퀴즈 왕들의 비밀』이 인물들의 관계를 이해하기 위해 '퍼즐 맞추며 읽기'가 필요했다면 애거서 크리스티의 『그리고 아무도 없었다』[13]는 '퍼즐 맞추며 읽기'에 특화된 소설이라고 할 수 있습니다. 추리소설이기 때문이지요. 추리소설은 단서를 찾아 범인을 찾고 사건의 전말을 밝혀야 합니다.

이 책은 외딴섬에 열 명의 사람이 모이는 것으로 시작합니다. 그들을 섬에 모이게 한 것은 섬의 주인이자 저택의 주인인 오웬이라는 남자인데 그는 철저하게 베일 속에 감춰져 있습니다. 초대받은 사람들조차 그를 만난 적이 없지요.

판사와 의사에, 비서로 취직되어 온 젊은 여성까지 연관성이 전혀 없는 사람들이 한자리에 모여 자신들을 섬에 오게 한 오웬에 관해 이야기하지만 시간이 지날수록 의구심과 불안감만 커질 뿐이지요. 작가는 이런 인물들의 모습을 통해 추리소설 분위기에 어울리는 긴장감을 차곡차곡 쌓아갑니다. 그리고 인물들의 과거사를 조금씩 보여주지요.

그들은 모두 타인을 죽음에 이르게 한 죄를 저질렀지만, 교묘한 방식을 써서 법정에 서지 않았습니다. 그런데, 저택의 주인 오웬은 레코드 녹음을 통해 그들의 죄를 낱낱이 공개해 버리지요. 그리고 액자에

걸려 있는 시의 내용처럼 하루에 한 명씩 죽는 사건이 벌어집니다.

열 꼬마 병정이 밥을 먹으러 나갔네. /
하나가 사레들었네. 그리고 아홉이 남았네.
아홉 꼬마 병정이 밤이 늦도록 안 잤네. /
하나가 늦잠을 잤네. 그리고 여덟이 남았네.
여덟 꼬마 병정이 데번에 여행 갔네. /
하나가 거기 남았네. 그리고 일곱이 남았네.
일곱 꼬마 병정이 도끼로 장작 팼네. /
하나가 두 동강 났네. 그리고 여섯이 남았네.
여섯 꼬마 병정이 벌통 갖고 놀았네. /
하나가 벌에 쏘였네. 그리고 다섯이 남았네.
다섯 꼬마 병정이 법률 공부했다네. /
하나가 법원에 갔네. 그리고 네 명이 남았네.
네 꼬마 병정이 바다 향해 나갔네. /
훈제 청어가 잡아먹었네. 그리고 세 명이 남았네.
세 꼬마 병정이 동물원 산책했네. /
큰 곰이 잡아갔네. 그리고 두 명이 남았네.
두 꼬마 병정이 볕을 쬐고 있었네. /
하나가 홀랑 탔네. 그리고 하나가 남았네.
한 꼬마 병정이 외롭게 남았다네. /
그가 가서 목을 맸네. 그리고 아무도 없었네. (44쪽)

살인 사건이 하나씩 늘어갈수록 등장인물뿐만 아니라 독자들 또

한 혼란에 빠지게 됩니다. 이것은 마치 예고 살인처럼 누군가의 계획대로 진행되는 것처럼 보이기 때문입니다.

그런데 그들이 저지른 죄들은 모두 증거 없는 정황뿐이거나 살인이 아닌 것으로 판명된 사건들이기 때문에 당사자들의 자백이 아니라면 밝혀질 수 없는 것들입니다. 도대체 누가 이들의 모든 내막을 속속들이 알 수 있었단 말인가요? 게다가 살인이 계속될수록 사람들은 살아남기 위해 안간힘을 쓰지만 예정된 살인은 계속됩니다. 어떻게 이런 일이 가능할까요? 살인자가 신이 아니라면 말입니다.

결국 섬에 있던 사람들이 모두 죽고 뒤늦게 도착한 경찰관들이 수사하는 과정에서 독자에게 유용한 단서들이 나오기 시작합니다. 이때부터 독자는 본격적으로 바빠지기 시작합니다. 쏟아져 나오는 단서들을 퍼즐로 맞춰야 하니까요. 그리고 마지막엔 살인자의 자백을 담은 편지로 모든 퍼즐이 맞춰지며 끝이 납니다. 독자는 살인자의 자백과 자신의 추리를 연결하며 자신의 퍼즐이 얼마나 완성도 있게 맞추어졌는지를 확인하는 재미도 얻을 수 있습니다.

지금까지 살펴본 '퍼즐 맞추며 읽기' 전략을 통해 우리는 읽는 즐거움을 위해 '조각내어 놓은' 문학 작품을 좀 더 효과적으로 읽을 수 있습니다. 그리고 퍼즐을 맞추기 위해 애쓰는 과정에서 생각해 보지 않았던 삶의 다채로운 의미를 발견할 수도 있습니다. 이렇게 문학 작품을 통해 다양한 삶을 경험해 본다면 우리가 이해할 수 있는 세상이 좀 더 넓어질 것입니다.

『바스커빌가의 개』
아서 코난 도일 지음, 이혜경 옮김, 푸른숲주니어, 2006

추리소설이야말로 퍼즐 맞추며 읽기에 최적화된 갈래입니다. 추리소설에서는 결말보다 그 결말을 찾아가는 과정이 중요하죠. 우리는 작가가 여기저기 뿌려 놓은 사건의 단서들을 모아 비슷한 조각들끼리 맞추어 보아야 합니다. 그러면 셜록 홈즈와 왓슨이 한 가문에 얽힌 무시무시한 저주의 비밀을 풀며 범인을 찾아가는 과정 그 자체를 즐길 수 있습니다.

『43번지 유령 저택』
케이트 클리스 지음, M.사라 클리스 그림, 노은정 옮김, 시공주니어, 2012

유령 이야기로 스타 작가가 된 부루퉁 그럼플리가 진짜 유령이 사는 저택에 살게 되면서 공포의 대상이었던 유령 저택은 시끌벅적해집니다. 그런데 이 소설 속의 인물들은 모두 편지로만 소통을 하네요. 무슨 일이 일어났는지 알려면 편지의 내용을 잘 기억하고 다른 편지의 내용과 연결해 봐야 합니다. 가끔 신문에 나오는 기사도 참고해 주세요. 중요한 퍼즐 조각들이 있습니다.

『키다리 아저씨』
진 웹스터 지음, 허윤정 옮김, 더스토리, 2024

고아인 주디는 매주 자신의 후원자인 '키다리 아저씨'에게 편지를 씁니다. 감사의 마음도 있지만 편지쓰기가 후원의 조건이었기 때문에 더 열심히 썼습니다. 우리는 주디의 편지를 통해 주디의 일상과 주변 사람들의 이야기를 조금씩 알게 됩니다. 그렇게 '조금씩' 주어지는 퍼즐 조각들을 잘 모으다 보면 드디어 우리도 키다리 아저씨와 만나게 됩니다.

『원미동 사람들』
양귀자 지음, 쓰다, 2012

원미동은 실재하는 마을입니다. 급속한 도시화의 과정에서 도시 변두리에 모인 다양한 사람들이 아직 서로를 진정한 이웃으로 받아들이기도 전에 많은 갈등 상황이 생기고 맙니다. 이야기는 연작의 형식으로 다양한 인물들과 사건들을 보여줍니다. 특히 연작에서 가장 많이 등장하는 '김반장'을 중심으로 퍼즐을 맞추어 가다 보면 원미동의 모습이 입체적으로 보이게 될 겁니다.

6.

꼬리 물어 읽기

−주제를 관통하며 읽기

독서를 작가와 대화하는 것이라고 말하기도 합니다. 작가는 특정한 의도(주제)를 가지고 작품을 만들었고 독자는 작가가 무엇을 말하고 싶었는지 생각하며 그 의도를 찾아야 한다는 것이지요. 틀린 말이라고 할 수는 없습니다. 하지만 작가의 의도를 찾는 것만이 독서의 궁극적인 목적이라면 그것은 진정한 대화라고 할 수 없습니다. 작가의 의도를 독자가 찾아야 하는 유일한 주제로 생각한다면 독자는 작가와 동등한 자리에서 대화를 나누는 주체가 될 수 없겠지요. 작가가 출제자이고 독자는 문제 푸는 사람 꼴이 되어 위계가 생기고 맙니다. 게다가 작가의 의도를 작가가 '직접' 말하지 않는 이상 그것을 정말 작가의 의도라고 말할 수 있을까요?

이제 우리는 작품의 의미(주제)가 책과 독자 사이에서 발생하기도 한다는 것을 압니다. 동일한 책이라고 하더라도 각기 다른 경험을 지닌 독자들에게 각기 다른 의미로 해석될 수 있기 때문이지요. 심지어 같은 독자라 하더라도 어떤 부분에 주목하여 읽었느냐에 따라 작품의 의미를 다르게 읽어낼 수 있습니다.

문학의 세계에는 감상과 해석이 있을 뿐 정답은 없습니다. 그러니까 우리가 교과서에서 배웠던 작품의 주제는 그 교과서를 만든 사람들의 관점일 뿐이지요. 모든 독자는 자기만의 관점으로 작품을 감상할 수 있고 자기만의 주제를 찾아낼 권리가 있습니다. 우리는 근거를 들어 그 관점이 일리 있는지 없는지, 그 관점에 동의할 수 있는지 없는지를 말할 수 있을 것입니다.

캐릭터로 꼬리 물기

먼저 '꼬리 물어 읽기'를 할 책은 생텍쥐페리의 『어린 왕자』와 '발품 팔아 읽기'에서 다루었던 루쉰의 『아Q정전』입니다. 서로 연관이 없어 보이는 두 책이 어떻게 꼬리에 꼬리를 물며 연결될 수 있는지 살펴보겠습니다.

먼저 생텍쥐페리의 『어린 왕자』는 초등학생들도 한 번쯤 들어봤을 유명한 소설입니다. 여러 관점으로 의미를 찾을 수 있는 작품이지만 여기서는 생텍쥐페리가 살았던 시대가 두 번의 세계대전으로 유럽이 몰락의 길을 자청했던 때라는 것에 주목해서 그가 얼마나 절박한 심정으로 『어린 왕자』를 창작했을지를 짐작해 보겠습니다. 그는 공군 조종사로 실제 전쟁에 참전하기도 했기 때문에 전쟁의 참상을 누구보다 절절하게 경험할 수 있었을 것입니다.

최고의 전성기를 구가하던 유럽이 왜 그런 자멸의 선택을 하게 되었는가는 당대 유럽의 지식인이라면 반드시 맞닥뜨려야 하는 질문이었습니다. 그리고 『어린 왕자』는 그 질문에 대한 생텍쥐페리의 대답으로 볼 수 있습니다. 그는 유럽 사회의 문제점을 뼈저리게 인식했기 때문에 아주 날카로운 비판을 했습니다. 이런 관점으로 본다면 어린 왕자가 지구에 도착하기 전에 잠깐씩 들렀던 여섯 개의 별이 가지고 있는 각각의 의미가 새롭게 다가옵니다.

먼저 왕이 다스리는 별을 볼까요?

자신을 따르는 신하가 하나도 없는 왕은 더 이상 왕일 수 없음에도 불구하고 왕의 자리에서 내려올 생각이 없어 보입니다. 중세가 끝나고 신분 질서가 무너졌는데도 여전히 전근대적 사고방식을 고수하며 '여자가 여자답지 못해.'라든가 '우리 집안이 어떤 집안인데'와 같은 말을 하는 사람들이 떠오릅니다. 생텍쥐페리가 살았던 시대에는 지금보다 그런 사람들이 더 많았겠지요. 그리고 그런 사람들이 유럽을 망가뜨린 원인이 된다고 생각했을 것입니다.

두 번째 별은 허영심에 빠진 사람이 사는 별입니다. 19세기 유럽인들은 식민지에서 수탈해 온 재화로 이제껏 인류가 경험하지 못한 물질적 풍요를 누렸습니다. 자신들이 제일 잘 나간다고 생각하며 전 세계가 자신들을 동경하고 숭배한다고 믿었겠지요. 생텍쥐페리가 보기에 그런 허영심은 위험해 보였을 것입니다. 오만에 빠진 사람들은 위기의 징조를 간과하기 쉬우니까요. 그는 눈앞까지 다가온 파국의 순간을 보지 못하게 하는 어리석음이 바로 유럽인들의 사치와 허영 때문이라고 생각했을 겁니다.

세 번째 별은 술꾼이 사는 별입니다. 창피한 것을 잊기 위해 늘 술에 취해 있는 술꾼을 보며 어린 왕자는 우울해합니다. 아마 생텍쥐페리가 살았던 시대에는 술꾼이 유달리 많았나 봅니다. 유럽이 가장 부유하던 시절에 왜 창피함을 잊고 싶어 하는 사람들이 많았을까요? 모두가 가난한 세상에서는 정신적 고통보다는 육체적 고통이 더 컸을 것입니다. 현대 사회는 과거보다 육체적 고통이 작아졌을지 모르지만, 경제적 불평등으로 정신적 고통은 더 커졌습니다. '상대적 빈곤'은 사람을 정신적으로 피폐하게 만들지요. 경제적 호황을 누리며 크게 성공한 사람들이 여기저기서 자신의 성과와 부를 과시하는 세상에서 실패와 가난은 그 자체의 불편함을 넘어서는 부끄러움을 불러왔을 것입니다.

네 번째 별에는 오억일백육십이만이천칠백삼십일 개의 별을 소유하고 있다는 사업가가 나옵니다. 그 별로 무엇을 하느냐는 어린 왕자의 질문에 그 사업가는 그저 소유하는 것이라고 말하지요. 우리는 무엇이든 소유하는 것을 좋아합니다. 그러기 위해 돈이 필요하지요. 그런데 우리가 소유하고 있는 것을 잘 들여다보면 소유와 쓸모가 늘 일치하지는 않는다는 것을 알 수 있습니다. 사실 소유만 할 뿐 제대로 사용하지 않는 물건이 더 많지요. 그럼 잘 사용하지 않는 물건을 소유하는 이유는 무엇일까요? 자본주의 사회에서는 소유한 것으로 사람들을 평가하고 판단하기 때문입니다. 그래서 이미 있는 물건이더라도 새로운 물건이 나오면 소유하고 싶어 하지요. 그래야 자신이 그런 물건을 소유할 수 있는 사람으로, 즉 자본주의 사회에서 잘 살고 있는 사람으로 보이니까요.

그런데 생텍쥐페리가 보기에 그런 소유는 밤하늘의 별을 오억일백육십이만이천칠백삼십일 개 소유하고 있다고 말하는 사업가의 모습만큼이나 이상했나 봅니다.

「아저씨가 별들을 소유한다고요?」
「그럼.」
「하지만 난 벌써 왕을 보았는데, 그 왕이……」
「왕은 소유하는 게 아냐. 〈지배〉하는 거지. 아주 다른 거야.」(56쪽)

사업가는 왕이 다스리는 자이지 소유하는 자가 아니라고 말합니다. 왕조차 세상을 소유하지 않았다면 누가 '소유'할 수 있다는 것일까요? 생텍쥐페리는 자본주의 체제와 더불어 탄생한 자본가들의 소유욕이 정치적 권력조차 '다스리는 것'으로 한정할 만큼 대단한 것이었음을 보여줍니다.

다섯 번째 별에는 가로등지기가 나옵니다. 여섯 캐릭터 중에 유일하게 어린 왕자가 마음을 쓰는 캐릭터입니다. 그는 가로등지기가 지금까지 만난 사람 중에 유일하게 우스꽝스럽게 보이지 않는다고 하면서도 그가 왕이나 허영심에 가득 찬 사람이나 술꾼 혹은 사업가 같은 사람들에게 경멸을 받을 거라고 걱정합니다.

가로등지기는 자본주의 사회의 노동자를 연상시킵니다. 매일 주어지는 반복적인 일을 열심히 하지만 시간이 갈수록 그 일의 의미를 점점 잃어가는 노동자 말입니다. 아마도 어린 왕자의 시선은 당대 유럽의 노동자를 바라보는 생텍쥐페리의 시선이 아니었을까요?

여섯 번째 별에는 지리학자가 나옵니다. 당대를 대표하는 학문으로 지리학을 가지고 온 것이지요. 시대마다 요구하는 인재 유형이 다르기 때문에 각광 받는 학문도 다릅니다. 근대 이후 특히 유럽인들이 아메리카와 아프리카 그리고 아시아를 돈벌이 수단으로 인지한 후부터는 지리학이 각광을 받았습니다. 취직이 잘 되는 전공이었던 거지요. 새로운 대륙에서 값나가는 자원이 어디에 어떤 형태로 있는지를 찾아내는 것이 중요한 정보였을 테니까요. 하지만 생텍쥐페리에게 지리학은 유럽의 침략을 돕는 수단으로 보였나 봅니다.

생텍쥐페리는 세계대전을 겪으면서 아마 이런 질문을 했을 것입니다. '도대체 무엇이 잘못된 것일까?', '우리는 왜 우리 손으로 이룩한, 우리의 문명을 파괴하고 있는가?' 그는 어린 왕자의 말을 통해 그 이유를 설명합니다. 어린아이가 어른이 되면서 순수함을 잃어버리듯 유럽 문명이 언제부턴가 순수함을 잃어버렸기 때문이라고요. 여기서 말하는 순수함은 물질적 가치에 매몰된 정신적 가치를 말합니다. 사랑과 우정, 책임과 의무 말입니다. 유럽인들이 눈에 보이는 물질적 가치만을 맹목적으로 추구하다가 '보이지 않는 것들'의 가치를 보지 못하는 존재가 되어버렸다는 것이지요.

그래서 어린 왕자는 비현실적인 캐릭터입니다. 애초에 소행성에 산다든가, 별과 별 사이를 여행한다든가 하는 설정 자체가 현실적이기는 힘들어 보이지요. 그리고 그냥 왕자가 아니라 '어린' 왕자라는 것은 영원히 어릴 수밖에 없는 존재라는 뜻이기도 합니다. 마치 피터팬처럼 어린 왕자는 어른이 될 수 없습니다. 아니, 어른이 되어서는 안 되는 걸지도 모릅니다. 어른들이 순수함을 잃어버렸을 때마다 그것을 회복할 방법을 알려주어야 하니까요. 생텍쥐페리는 당시 유럽인들이 순수함의 결정체인 어린 왕자를 보고 자신들이 잃어버린 가치를 다시 찾기를 간절히 바란 것이 아닐까요?

이제 루쉰의 『아Q정전』을 봅시다. 루쉰은 아Q를 왜 만들었을까요? '발품 팔아 읽기'에서 우리가 쌓은 배경지식을 바탕으로 『어린 왕자』와 연결되는 의미를 구성해 볼 수 있습니다. 루쉰의 소설 『아Q정전』에서도 '왕'과 유사한 캐릭터를 찾아볼 수 있지요. 신해혁명으로 청 제국이 무너졌지만, 여전히 과거의 모습에서 하나도 바뀌지 않고 낯선 서양 문물을 거부하는 '웨이주앙 사람들'은 격변하고 있는 현실 앞에서 새로운 것을 부정적으로 보고 익숙한 것만을 고집한 캐릭터라 할수 있습니다. 아무리 혁명으로 정치 체제가 바뀌어도 사람들의 의식과 생활방식이 바뀌는 데에는 더 많은 시간과 노력이 필요하기 때문이겠지요.

주인공 '아Q'는 청나라 민중을 상징합니다. 청나라는 제국주의 열강의 침략에 무력하게 패배하고 있는 상황에서도 자신들이 세계의 중심이라는 의식을 버리지 못합니다. 루쉰은 청나라 민중이 그러한 의식을 버리고 눈앞의 현실을 직시해야 중국의 미래에 희망이 있다고 생각했습니다. 생텍쥐페리가 '어린 왕자'를 통해 유럽인들의 자각을 촉구한 것처럼 루쉰은 보잘것없는 자신의 현실을 외면하는 아Q의 모습을 통해 청나라 민중들의 자각을 촉구한 것이지요.

패배감과 수치감의 근본적인 원인을 생각하기보다는 술로 그 순간의 고통으로부터 회피하려는 술꾼의 모습은 '정신승리법'으로 자신의 패배를 승리로 바꾸는 아Q의 '자기기만'을 떠올리게 합니다. 이런 식의 회피는 문제를 해결하기는커녕 결국 문제가 더 커지도록 조장한다는 점에서 무책임한 행위라고 말하는 것은 아닐까요?

『아Q정전』에는 연민을 불러일으키는 가로등지기와 같은 캐릭터가 등장하지 않습니다. 그것이 생텍쥐페리와 루쉰이 살았던 시대의 차이점이라고 볼 수 있지요. 당시 유럽은 자본주의 체제가 기존의 경제 구조를 대체했다면 당시 중국은 농업을 근간으로 하는 전통 사회였습니다. 그래서 루쉰의 시대에 노동자는 없었습니다. 노동자는 적어도 정치적으로는 자유로운 존재니까요. 루쉰은 청나라 민중이 스스로의 자각을 통해 봉건적 예속에서 벗어나 자유로운 근대 국민이 되기를 원했기 때문에 아Q를 연민하기보다는 날카로운 풍자의 대상으로 보았습니다.

이렇게 생텍쥐페리와 루쉰은 자신들이 살았던 시대의 문제를 외면하지 않고 고민하며 해결책을 찾기 위해 고군분투합니다. 꼬리에 꼬리를 물며 책을 읽으니 전혀 관계가 없어 보이던 『어린 왕자』와 『아Q정전』에도 관통하는 주제가 있다는 것을 알 수 있습니다. 두 작가 모두 동시대인들에게 간절한 호소를 하고 싶었던 것입니다. 우리가 바뀌지 않으면 희망은 없다고, 우리가 이렇게 자멸의 길을 가면 안 된다고 말입니다.

생텍쥐페리가 어린 왕자라는 캐릭터를 통해 근대의 폭력성에서 벗어나 어디로 가야 하는지 방향성을 제시했다면 루쉰은 아Q라는 캐릭

터를 통해 청나라 민중들이 뼈아픈 현실을 자각하고 제국주의 열강
의 침략에 대항해야 한다고 호소한 것입니다.

그런데 『어린 왕자』를 이렇게 읽다 보니 윌리엄 골딩의 『파리 대왕』
이라는 작품도 떠오릅니다. 얼핏 생각하면 두 작품은 여러 면에서 차
이점이 많습니다. 『어린 왕자』는 비현실적인 캐릭터가 별들 사이를 여
행하는 아름다운 이야기인 반면에 『파리 대왕』은 핵전쟁이라는 가상
의 상황을 설정했지만 『어린 왕자』보다 사실적인 이야기입니다.

그런데 윌리엄 골딩도 세계대전에 참전한 경험이 있는 작가이고 이
러한 경험을 바탕으로 3차 세계대전에 대한 강한 경계의 메시지를 작
품에 담고자 했습니다. 생텍쥐페리처럼 윌리엄 골딩도 2차 세계대전이
라는 끔찍한 경험을 한 유럽 사회에 동일한 질문을 던진 것이지요. '도
대체 왜 이런 일이 일어났을까'라고 말입니다. 끔찍한 전쟁이 일어난
근본적인 이유를 파악해야 비극의 재발을 막을 수 있으니까요.

이 질문에 대한 답으로 생텍쥐페리는 유럽인들이 정신적 가치라는
순수함을 잃어버렸다는 원인을 찾았습니다. 윌리엄 골딩은 인간의 폭
력적이고 잔인한 본성 때문에 전쟁이 일어난 것이라고 말합니다. 문명
사회의 질서가 깨져버리면 인간의 어두운 본성이 밖으로 튀어나와 세

상을 혼란스럽게 만드는 것이라고 말입니다.

그러므로 윌리엄 골딩은 문명을 더욱 단단하게 갈고 닦아 인간을 자연으로부터 최대한 멀리 떨어뜨려 놓아야 한다고 생각했습니다. 그러한 생각은 무인도에서 지내는 소년들의 모습을 묘사하는 방식으로 드러납니다. 생존을 위해 사냥을 하는 소년들이 멧돼지 사냥에 성공한 후 피범벅이 돼서 기뻐하는 모습을 기괴하고 공포스러운 느낌이 들도록 서술하고 있습니다.

「막대 위에 꽂힌 암돼지머리야.」

「나 같은 짐승을 너희들이 사냥해서 죽일 수 있다고 생각하다니 참 가소로운 일이야!」하고 그 돼지머리는 말하였다. 그러자 순간 숲과 흐릿하게 식별할 수 있는 장소들이 웃음소리를 흉내내듯 하면서 메아리쳤다.

「넌 그것을 알고 있었지? 내가 너희들의 일부분이란 것을. 아주 가깝고 가까운 일부분이란 말이야. 왜 모든 것이 틀려먹었는가, 왜 모든 것이 지금처럼 돼버렸는가 하면 모두 내 탓인 거야.」(214쪽)

아마도 사이먼의 환상일지 모를 장면에서 윌리엄 골딩은 잭 무리의 사냥감이었던 멧돼지 머리를 통해 자신의 생각을 말합니다. '왜 모든 것이 잘못 돌아가고 이 모양으로 되었는가 하면, 그건 모두 나(멧돼지 머리) 때문이야'라는 대사를 통해 칠천만 명의 사망자를 낸 끔찍한 세계대전이 왜 일어났느냐고, 그리고 나서도 사람들은 왜 여전히 무시무시한 첨단무기를 경쟁적으로 만들어 내며 혼란을 자초하고 있냐고

묻고, 그것은 모두 인간의 일부분인 어두운 본성 때문이라고 대답합니다. 그러니까 그 악한 본성이 밖으로 나오지 못하게 문명의 힘을 회복해야 하는 것입니다. 이러한 주제 의식은 문명 사회에서 온 어른이 아이들을 구해주는 마지막 장면을 통해 잘 드러납니다.

> 나는 좀 똑똑해 보이는 사람을 만날 때마다, 항상 품고 다니던 내 그림 제1호를 꺼내 그를 시험해 보곤 했다. 그가 정말 이해력이 있는 사람인가 알고 싶었던 것이다. 그러나 늘 이런 대답이었다. 「모자로구먼.」 그러면 나는 보아뱀 이야기도 원시림 이야기도 별 이야기도 꺼내지 않았다. (9쪽)

생텍쥐페리는 아이와 어른을 대립적으로 설정하면서 어른을 매우 부정적으로 그리고 있습니다. 그리고 그가 생각하는 아이의 긍정적인 이미지를 모두 모아 만든 어린 왕자를 통해 어른들에게 통렬하게 외치고 있습니다. 세상이 이 모양 이 꼴이 된 건 모두 어른들 때문이라고, 어른들이 '브리지 게임이니 골프니 정치니 넥타이니 계산이니' 하는 것들만 생각하느라 정말 중요한 것들을 잊었기 때문에 그따위 멍청하기 짝이 없는 전쟁이나 하는 것이라고 말입니다.

그런 면에서 보면 생텍쥐페리는 윌리엄 골딩보다 인간에 대한 믿음이 더 큰 것 같습니다. 악한 본성보다 선한 본성의 힘을 믿고 있으니까요.

우리는 이렇게 『어린 왕자』와 『아Q정전』을 캐릭터의 상징성을 찾는 방법으로 연결하여 읽어 보고, 『어린 왕자』와 『파리 대왕』을 작가가 던진 질문에 대한 작가 나름의 답이라는 주제로 엮어 읽어 보았습니다. 또한 『아Q정전』의 작가 루쉰이 자신의 조국이 처한 시대적 위기에 대처하는 나름의 방법을 제안했다는 점에서 『파리 대왕』과 꼬리 물어 읽기도 가능합니다. 특히 『어린 왕자』는 다양한 주제로 꼬리 물어 읽기가 가능하다는 점에서 훌륭한 고전이라고 할 수 있습니다. 이를테면 '여우와 어린 왕자'가 만나는 장면에서 서로에게 의미 있는 존재가 되는 과정이 얼마나 아름다운지를 생각해 볼 수 있지요. '장미꽃과 어린 왕자'의 관계에서는 누군가에게 대체불가능한 존재가 된다는 것의 소중함을 느껴볼 수 있습니다.

'꼬리 물어 읽기'의 가장 큰 재미는 자신만의 관점을 찾고 그것을 쌓아가는 과정에서 느낄 수 있습니다. 그렇게 만들어지는 세계는 높게 쌓는 탑의 모양이 아니라 사방으로 펼쳐지는 마인드맵의 모양에 가까울 것입니다. 오직 자신만이 가지고 있는 독서 마인드맵이지요. '꼬리 물어 읽기'가 만들어 내는 확장에는 한계가 없습니다.

『로빈슨 크루소』 & 『방드르디, 야생의 삶』

「로빈슨 크루소」(대니얼 디포, 열린책들)는 대항해 시대, 태평양 외딴섬에 표류한 로빈슨이 무인도에서 살아가는 모험 이야기입니다. 그는 홀로 집을 짓고 먹거리를 구하며 자신만의 제국을 만듭니다. 자신이 목숨을 구해 준 프라이데이와 관계를 맺는 과정에서 제국주의적 사고가 드러나는데요, 이 작품을 비판적 시각으로 다시 쓴 「방드르디, 야생의 삶」(미셀투르니에, 문학과지성사)과 비교하며 읽어 보세요. 문명과 야만이라는 경계를 허물고 자유로운 삶을 즐기는 방드르디(프라이데이)의 삶과 대조를 이루며 '문명'의 의미를 다시 생각해볼 수 있게 합니다.

『스피릿베어』 & 『멧돼지가 살던 별』

「스피릿베어」(벤 마이켈슨, 양철북)는 친구에게 심한 폭력을 가해 감옥에 갈 위기에 처한 주인공이 인디언의 방식으로 분노와 상처를 치유하는 이야기입니다. 폭력 문제는 학교 폭력뿐만 아니라 예상치 못한 곳에서도 발생하는데, 「멧돼지가 살던 별」(김선정, 문학동네)에서는 가정폭력이 문제로 등장합니다. 가정폭력의 문제는 인디언식 치유 방법이 통하지 않아 멧돼지를 등장시켰을지 모르겠지만 폭력이 발생하는 근원을 생각하게 한다는 점에서 함께 읽어 볼 만한 책입니다.

『멋진 신세계』 & 『기억 전달자』

「멋진 신세계」(올더스 헉슬리, 소담출판사)는 과학이 발달한 미래 문명 세계를 그립니다. 이 작품에서 사람들은 태어날 때부터 다섯 계급으로 나누어 맞춤형으로 대량 생산되고, 수면학습과 세뇌를 통해 인간성을 상실한 채 정해진 운명에 따라 살아갑니다. 「기억 전달자」(로이스 로리, 비룡소)에서는 '늘 같음 상태'를 유지하기 위해 감정조차 인위적으로 통제하는 사회를 보여줍니다. 유토피아를 지향하는 과학 문명이 발달한 세계에서 우리가 잃어버린 것, 우리가 잃어버리게 될 것은 무엇인지 생각해 보게 하는 작품들입니다.

『우리들의 일그러진 영웅』 & 『아우를 위하여』

「우리들의 일그러진 영웅」(이문열, 다림)은 1960년대 자유당 말기, 시골 학교를 배경으로 권력의 형성과 몰락을 보여주는 작품입니다. 학급 반장인 엄석대는 부당한 권력을 휘두르는 인물입니다. 여기에 서울 학교에서 전학 온 한병태가 저항하나 무릎 꿇고 맙니다. 반 아이들 모두 석대를 두려워하여 나서지 못하지요. 부당한 권력은 주변의 동조와 방관으로 형성되었음을 보여주는 것입니다. 하지만 「아우를 위하여」(황석영, 다림)는 두려움을 극복하고 저항하는 아이들이 나옵니다. 그 결과 교실에서 공포 대상이었던 영래는 힘없이 무너지게 됩니다.

3장. 매체 텍스트 읽기

그림 읽기

이제 우리는 글 텍스트에서 벗어나 그림으로 표현된 텍스트를 읽어 보려 합니다.

그림을 읽는다고요? 보는 게 아니고요? 그런 의문이 들만해요. 보통 우리는 그림을 본다고 하지 읽는다고 하지는 않으니까요. '전시회를 보러 가자'고 하고, '작품을 봤다'고 하죠. '보다'라는 말은 눈으로 어떤 대상을 본다는 뜻 외에도 '즐기다, 감상하다'라는 뜻도 가지고 있으니까요. 사람의 시각은 정보를 받아들이는 감각기관 가운데 가장 중요한 역할을 한다고 해요. 우리가 살면서 가장 많이 사용하고, 가장 큰 정보 값을 가지고 있으며, 가장 신뢰하는 감각이기도 하지요.

1장에서 우리가 읽는다는 것에 관해 이야기한 것 기억하죠? 읽는다는 것은 시각과 언어와 인지의 협업으로 이루어지는 고차원적인 행위라고 했어요. 글자를 보고, 글자가 가진 상징 체계를 이해해야 하고, 그 상징 체계의 뜻을 인지 영역에서 처리하는 3단계의 과정이 읽기 행위라고 했지요. 그렇다면 그림을 읽는다는 것은 어떨까요?

그림을 읽는다는 것은 글을 읽는 것보다 훨씬 어려울 수 있어요. 글을 읽는 3단계의 행위에 본 것을 다시 언어로 풀어내는 과정을 더 해야 하니까요. 그림을 보고, 느끼고, 그것을 다시 말로 풀어내는 일이 왜 어려울까요? 아마도 그림을 해석하는 상징 체계를 잘 모르니까 내 감상이 틀렸을지도 모른다는 생각이 들고, 그 두려움 때문에 표현의 어려움을 느끼게 되는 거겠죠. 또는 말이나 글로 표현했을 때 그림을 보고 느낀 감동이 반감되는 부정적 경험 때문일 수도 있고요. 하지만 감상에는 옳고 그름이 있을 수 없어요. 평론가들이 그림을 해석하며 쓴, 어려운 개념이나 용어를 모른다고 우리의 감상이 틀렸고, 우리가 그림을 잘 읽지 못했다는 이유가 될 수는 없어요. 어떤 그림을 보고 그 그림이 좋은 이유를 설명할 때 필요한 것은 우리 각자의 언어이고, 각자가 읽어낸 그림에 대한 이야기일 테니까요. 우리가 지금까지 배워 온 읽기 방법들을 적용해서 그림을 보면 더 깊게 그림을 읽을 수 있고, 감상을 표현할 나만의 언어를 찾을 수 있을 거예요.

이제부터 우리는 많은 사람이 사랑하는 태양의 화가 빈센트 반 고흐의 작품 중 〈별이 빛나는 밤〉과 〈구두 한 켤레〉를 읽어 볼 거예요. 먼저 〈별이 빛나는 밤〉을 앞서 배운 읽기 전략 중 '발품 팔아 읽기'를 적용해서 읽고, 〈구두 한 켤레〉는 '꼬리 물어 읽기' 방법을 사용해서 같은 소재로 쓰인 문학 작품을 함께 읽어 보려고 해요.

빈센트 반 고흐의 작품 읽기

〈별이 빛나는 밤〉

앞서 발품 팔아 읽기 전략은 당대의 역사와 작가의 사상이 담긴 문학 작품을 읽을 때 적용했었지요. 소설을 온전히 이해하기 위해 우리는 이야기의 배경이 되는 시대의 역사적 사실과 그 시대를 바라보는 작가의 사상에 대해 발품을 팔아 배경지식을 만들어야 한다고 했습니다. 그림을 읽기 위해서도 마찬가지로 부지런히 발품을 팔아야 해요. 배경지식이 풍부할수록 그림의 의미를 잘 이해할 수 있을 테니까요.

그러면 〈별이 빛나는 밤〉이란 '그림'을 읽기 위해서 우리는 무엇을 해야 할까요?

그림은 우선 시각적으로 우리 눈과 뇌를 자극합니다. 그냥 그림 속의 색채와 형태에 빠져 봅시다. 좀 떨어져서 작품의 전체적인 인상과 분위기를 느껴보는 거예요. 좋은 작품은 이것만으로 감흥을 일으키지만 이제 한 발짝 다가서서 그림 속 색의 조합이나 붓 터치, 물체의 형태 등을 주의 깊게 살펴봅니다. 작품 속 요소들의 관계를 연결 지어, 어떻게 조화를 이루고 있는지 생각해 보는 것도 그림을 감상하는 재미를 줍니다. 이렇게 그림이 드러내는 표면적인 모습에 매력을 찾아 감상했다면 열심히 연습한 '읽기 전략'을 통해 그림 속으로 좀 더 깊이 빠져들어 봅시다.

우리가 책을 읽을 때 가장 먼저 시도해야 하는 전략은 책의 표지와 저자를 살피는 것이라고 했습니다. 그림도 마찬가지입니다. 먼저 그림의 기본 정보를 찾아보면 좋겠지요. 전시관의 경우 그림 주변에 이러한 정보들을 붙여두니까 쉽게 찾을 수 있을 거예요. 전시관이 아니라면 정보 검색을 통해 알 수 있겠죠.

아티스트	빈센트 반 고흐(Vincent Van Gogh)
	국적 네덜란드
	출생-사망 1853년~1890년
제작연도	1889년
사조	후기 인상주의
종류	유화
기법	캔버스에 유채(Oil on canvas)
크기	73.7 x 92.1 cm
소장처	뉴욕 현대미술관

정보를 보니 〈별이 빛나는 밤〉은 1889년에 캔버스에 유화물감으로 그려진 작품이군요. 그럼 또 의문이 들지요? 화가는 왜 이런 그림을 그리게 됐을까요? 화가는 이 그림을 통해서 어떤 감정, 어떤 메시지를 전달하고 싶었던 걸까요? 그러면 화가의 삶을 살펴봐야겠지요. 화가가 처한 시간적, 공간적, 심리적 배경이 모두 그림에 반영되었을 테니까요.

빈센트 반 고흐는 네덜란드에서 목사의 아들로 태어나 프랑스에서 활동한 화가예요. 살아 있는 동안 가난했고, 화가로서도 인정받지 못했답니다. 그를 인정하고 지지해 준 유일한 사람이 있었는데, 동생 테오랍니다. 고흐에게는 5명의 동생이 있었는데 그중 테오와 각별한 우애가 있었어요. 테오는 형제이면서 친구이고 정신적으로, 물질적으로 고흐를 지지하고 응원했습니다. 고흐는 자신이 죽는 순간까지 테오에게 800여 통의 편지와 1,300점의 그림과 850점의 스케치를 남깁니다. 이는 오늘날 우리가 고흐의 삶과 예술세계를 돌아보는 데 많은 도움을 주는 자료들이 되었습니다.

고흐는 어린 시절 어머니에게 그림을 배우며 자연의 아름다움에 매료되었다고 해요. 고흐가 본격적으로 그림을 그리게 된 건 삼촌이 운영하는 〈구필화랑〉에서 그림을 파는 점원으로 일하며 유명 화가들의 그림을 접하고 그림의 매력에 빠지면서부터예요. 그러나 말수 적고, 괴팍한 그의 성격 때문에 화랑에서 손님과 부딪히는 일이 잦았고 결국 해고되고 맙니다. 이후에 아버지를 따라 성직자가 되려고 공부했지만, 그것도 실패하게 되죠. 그 후 고흐는 실천적 삶을 살기 위해 가난한 광부들과 생활하며 선교사로 일합니다. 그 시기에 그린 그림들에는 가난한 이들의 애환이 실감 나는 모습으로 담겨 있습니다.

이후 인상주의가 한창이던 파리에 자리 잡은 고흐는 점과 선으로 색을 표현하는 화풍에 관심을 가지지만 별 매력을 느끼지 못했는지 이내 시들해집니다. 이때부터 고흐 특유의 어둡고 강렬한 색감과 거칠고 과감한 붓 터치의 화풍이 시작됩니다.

고흐는 화가들의 공동체를 꿈꾸며 아를로 이주합니다. 그곳에서 고갱과 함께하며 많은 작품을 남기지만, 생활고와 고갱과의 결별, 화가로서의 정체성 고민 등 여러 갈등 끝에 정신 병원에 가게 되고, 결국은 자살로 생을 마감하게 됩니다. 오늘날 고흐는 우리에게 익숙하고 훌륭한 화가이지만 그의 삶은 고단하고 외로웠던 것 같아요.

하지만 정신병으로 고통받으면서도 생 레미 요양원에 있는 1년 동안 150점의 그림을 그렸다고 합니다. 이렇게 2~3일에 한 작품씩 그릴 만큼 그림에 대한 열정은 누구보다 강하고 대단했던 화가였어요. 이런 열정 덕분에 고흐의 그림은 지금도 앞으로도 많은 사람에게 감동을 주고 기억되는 작품이 될 것이라고 생각해요.

그렇다면 〈별이 빛나는 밤〉을 그릴 당시 고흐는 어떤 상황이었을까요?

이 그림은 그가 고갱과 다투고 자기 귀를 자른 사건 이후 생 레미의 요양원에 있을 때 그린 것이랍니다. 밤에 자신의 방 창을 통해 본 하늘을 기억했다가 아침에 1층 작업실에서 그렸다는군요. 고흐는 세상과의 고립, 소외로 정신적으로 고통 받고 있었고, 아주 외로웠을 거예요. 그런 그에게 밤하늘은 무한함을 보여주는 대상이었고, 마음의 평화와 아름다움을 느끼게 하는 것이 아니었나 싶어요.

이보다 먼저 제작된 〈밤의 카페테라스〉나 〈론강 위로 별이 빛나는 밤〉 등 별이 반짝이는 밤의 정경을 다룬 작품들을 함께 감상해 보는 것도 좋겠습니다.

이제 〈별이 빛나는 밤〉을 더 자세히 볼까요.

고흐가 동생 테오에게 쓴 편지에는 "오늘 아침 나는 해가 뜨기 한참 전에 창문을 통해 아무것도 없고 아주 커 보이는 샛별밖에 없는 시골을 보았다."는 내용이 있어요. 그래서 그림 왼쪽에 있는 커다란 흰 별이 샛별일 것이라고 추측할 수 있습니다. 그가 그린 밤하늘에서는 구름과 대기, 별빛과 달빛이 폭발하고 있네요. 깊고 짙은 파란색 하늘은 세상의 어둠을 연상케 하고, 그 위로는 구름이 회오리치며 떠 있어요. 달무리와 별무리도 보이네요. 굽이치는 하늘은 두껍고, 역동적인 터치로 그려졌고, 그림 오른쪽의 사이프러스 나무와 연결되어 있네요. 그 아래의 마을은 대조적으로 평온하고 고요해 보여요. 마을은 있는 그대로 그려진 것이 아니라 단순화되어 있고, 마을 가운데 우뚝 솟은 첨탑은 프로방스 양식이 아닌 네덜란드 뉴넨 교회의 양식으로 그려져 있습니다. 반고흐의 고향이 떠오릅니다.

그는 병실 밖으로 보이는 밤 풍경을 기억과 상상을 결합해 그렸는데, 이는 자연에 대한 반 고흐의 내적이고 주관적인 표현이라고 볼 수 있어요. 수직으로 높이 뻗어 땅과 하늘을 연결하는 검은 빛의 사이프러스는 전통적으로 무덤이나 애도와 연관된 나무이지만, 반 고흐는 죽음을 불길하게 보지 않았다고 합니다. 몸도 마음도 지치고, 홀로 외롭게 지내던 고흐에게 밤하늘의 별빛과 고향 네덜란드는 그리움과 위로의 대상이 되었던 것 같아요. 원래 요양원 근처는 산, 들 나무나 꽃만 있는 자연뿐이었다고 합니다. 그러니까 그림에서 하늘 아래에 펼쳐진 마을의 풍경은 실제의 모습이 아니라 고흐의 기억 속에 있는 생 레미와 고향 네덜란드 뉴넨의 모습이 오버랩 된 광경이라고 하네요.

그가 죽고 오랜 시간이 지난 후 미국의 가수 돈 맥클라인은 〈별이 빛나는 밤〉을 보고, 감동하여 〈빈센트〉라는 곡을 만들어 고흐를 추모하기도 했어요. 1971년에 만들어진 이 곡은 아마도 고흐의 작품과 함께 오랫동안 우리 곁에 있게 될 거예요.

고흐의 작품은 붓과 유화물감으로만 그려진 것인데도 마치 살아 움직이는 것처럼 생동감과 입체감이 느껴져요. 후기 작품으로 갈수록 중요한 부분에 물감을 두껍게 바르는 '임파토스 기법'을 사용했는데, 원색의 물감을 빛이 닿는 부분에 두껍게 덧칠해 주면 실제의 사물을 보는 것처럼 입체감을 가진 역동적인 모습으로 보인다고 해요. 그래서 고흐의 작품을 실제로 보면 복사본에서 느끼지 못했던 생동감이 특별한 감동과 여운을 준다고 합니다. 이런 그림의 특징 때문인지 이 그림이 그려졌던 생 레미 요양원 근처에 고흐 작품을 미디어아트로 재현한 전시장도 생겼다고 해요. 최근엔 우리나라에서도 고흐의 작품을 미디어아트로 구현한 전시가 열리기도 하지요. 고흐의 작품에서 느껴지는 강렬한 생동감을 느끼기에 미디어아트라는 장르의 기술을 빌리는 것도 좋은 아이디어인 것 같네요.

〈별이 빛나는 밤〉을 이렇게 감상하며 여러분은 무슨 생각을 했나요? 어떤 느낌이 들었죠? 화가가 어떤 마음으로 이 그림을 그렸을지 짐작이 가나요? 우리가 알아보고, 감상하고, 느낀 대로 우리 각자의 언어로 그림을 읽는다는 것이 어렵게만 느껴지지 않았을 거예요.

발품을 팔아 얻은 비평문, 작가의 전기 등의 참고 자료를 활용하고, 감성과 이성을 겸비한 자신만의 비판적 시각까지 갖춘다면 어떤 그림이든 훌륭하게 읽어낼 수 있을 겁니다.

<구두 한 켤레>

이번엔 고흐의 또 다른 작품인 <구두 한 켤레>를 읽어볼게요. 이 작품은 '발품 팔아 읽기'에서 확장하여 '꼬리 물어 읽기' 방법을 적용해 볼 거예요.

꼬리 물어 읽기는 같은 주제에 대해 두 권 이상의 책을 비교하며 읽거나, 읽고 있는 책과 비슷한 책이 떠올라 찾아 읽고, 또 그 책을 읽다가 주제나 소재가 비슷한 다른 책을 찾아 연계하여 읽는 방법이죠. 우리는 이러한 읽기 방법을 최고 수준의 고급 독서로 통합적 읽기라고 배웠어요. 이 방법을 적용해서 고흐의 그림 <구두 한 켤레>와 구두를 소재로 한 문학 작품을 연계해서 읽어 보겠습니다.

〈구두 한 켤레〉14

　여기 한 켤레의 낡은 구두가 놓여있어요. 이제 막 벗어놓은 듯한 모습이에요. 신발 끈은 풀어져 마구 흐트러져 있고, 한쪽 발목은 조심성 없이 구겨져 있어요. 낡고 해진 모양새를 보니 신발의 주인이 부유하고 높은 신분은 아닌 것 같네요. 아마도 흙을 가는 농부이거나 도시의 건설 현장에서 일하는 노동자이거나 황량한 길을 걷고 또 걸으며 땀 흘리며 살아가는 가난한 누군가일 거라고 짐작됩니다.

　이 그림은 고흐가 선교사가 되기 위해 벨기에에서 가난한 광부들과 생활하던 시기에 그린 가난한 이들의 초상화와 닮았습니다. 주름진 광부의 초상화가 그렇듯 낡아서 닳아 빠진 구두 그림은 신발 주인의 지친 모습과 고단한 삶을 상상하게 합니다. 신발은 당시 정물화의 소재로 잘 다루지 않았다고 하는데 고흐는 이 낡은 신발을 왜 그렸을까요? 어둡고 거친 황토색 바탕에 가죽도 해지고 끈도 늘어난 빛바랜 구두를 굵고 거친 붓 터치로 표현해 놓았네요. 낡은 구두가 마치 구두 주인의 초상처럼 느껴집니다. 그렇다면 이 구두는 누구 것일까요?

오랜 시간이 흐른 후 그림 속 낡은 구두의 주인이 누구인지에 관해 철학자들과 미술 사상가들 사이에 논쟁이 일어나기도 하는데요. 독일 철학자 하이데거는 예술의 본질을 설명하는 데 고흐의 이 구두 그림을 예로 듭니다. 구두를 신발이라는 수단으로만 보지 않고, 존재감에 대한 해석을 내놓게 되죠. 그는 구두의 주인을 농부 여인일 것이라고 주장하고, 구두에 숨겨진 농부 여인의 삶의 궤적을 이야기합니다. 먹고 살기 위해 고단하지만, 고난을 이겨내는 강인하고 소박한 농부 여인의 삶이 이 구두 그림에 녹아있다고 설명합니다.

그런데 미술사학자 마이어 샤피로가 구두의 주인이 농부 아내가 아니라 고흐 자신이라고 주장하며 하이데거의 말에 반박합니다. 고흐가 파리 벼룩시장에서 이 구두를 사고, 비 오는 날 돌아다니며 흙탕물을 묻힌 채로 그렸다는, 코르몽에서 함께 수학한 가우지의 증언을 근거로 들면서요. 그러나 이후 자크 데리다라는 철학자가 이 구두가 누구의 것이라고 어떻게 단정 짓느냐며 논란을 잇습니다. 구두가 한쪽이 더 낡고 크기도 작다면서 한 켤레인지조차 의문이라고 말하죠.

구두 그림을 그린 고흐도 이 그림이 훗날 미술사에서 가장 유명한 철학적 논쟁을 일으키게 되리라는 건 몰랐을 거예요. 이 낡은 구두

한 켤레가 농부 여인의 신발인지, 고흐 자신의 신발인지는 고흐가 다시 살아나 말해 주지 않는 한 정확히 확인할 수 없을 거예요. 하지만 누구의 신발인지 몰라도 우리가 이 작품을 감상하고 읽어내는 데에는 아무 문제가 없어요. 작품이 전하는 것은 이런 철학적 논리가 아니라 가슴으로 느끼고, 각자의 언어로 해석하면 되는 거니까요. 이 낡은 구두를 바라보며, 농부 아내나 고흐 자신을 떠올릴 수도 있고, 아버지의 구두나 또 다른 누군가를 떠올릴 수도 있는 거죠. 구두를 바라보며 그저 하나의 사물이 아닌, 구두가 겪은 삶의 흔적을 연상해 보는 것도 그림을 읽는 방법 중 하나일 테니까요.

'모든 작품은 작가의 손을 떠나면 더 이상 작가의 것이 아니다.'라는 말이 있습니다. 작가의 의도와는 상관없이 작품을 감상하는 사람마다 해석이 다르고, 느낌이 다르기 때문에 이는 오로지 독자의 몫으로 남는다는 말입니다. 그래서 그림 감상에도 주관이 필요합니다. 남들이 다 좋다고 해도 나는 안 좋을 수 있어요. 작가도 그들만의 그림 철학을 만들어 가듯이 우리에게도 그림을 읽는 눈을 만들어 가는 것이 필요합니다.

이 낡은 구두 한 켤레를 보고 있으니 어떤 느낌이 드나요? 무엇이 떠오르나요? 고흐는 구두 그림을 여러 점 그렸어요. 대부분 이 작품과 비슷한 느낌의 투박하고, 허름하고, 일하다가 금방 벗어놓은 듯한 작업화 같아요. 삶의 현장이 고스란히 느껴지는 것 같아서 마음이 짠하게 아려오기도 하죠. 그런 마음 끝에 신발을 소재로 한 문학 작품들이 떠오릅니다.

손택수 시인의 시 〈한 켤레의 구두〉라는 시에 이런 부분이 나옵니다.

해진 가죽 위에 앉은 먼지들은 소멸을 이야기하는 듯하다
아마도 타박이는 저 먼지들이 체액에 젖은 구두 가죽 속으로 스며들어
까맣게 뭉친
빛을 내는 것이리라[15]

고흐의 작품 속 구두가 거칠고 고단해 보였듯이 시에 나오는 한 켤레의 구두 역시 해진 가죽과 먼지들로 구두 주인의 고단했던 삶을 말해 줍니다. 시 속의 구두는 이제는 세상에 없는 아버지가 주인입니다. 시인은 구두 속에서 구두가 잊지 못하는 부르튼 아버지의 발을 보고 있어요. 금방 벗어놓은 듯한 고흐의 구두 그림과 어린 시인을 발등에 올려 걸음마를 시켜 주던 아버지의 구두를 생각하니 역시 가슴이 싸하게 뭉클해집니다. 그러고 보니 신발을 소재로 한 문학 작품들이 꼬리에 꼬리를 물고 떠오르네요.

곽재구 시인의 〈구두 한 켤레의 시〉라는 시도 함께 읽어 봅시다. EBS 교재나 수능시험 지문으로 나오기도 해서 익숙할 수 있는 작품이지요. 이 시의 화자는 낡은 구두를 신고 고향에 다녀온 후 자신의 낡

은 구두에 고향의 모습을 묻혀 왔다고 생각합니다. 자신은 잊고 있던 고향의 모습을 낡은 구두가 간직하고 있다고 느끼며 고향을 그리워하는 마음을 형상화한 작품입니다. 시 속 화자는 구두를 통해 고향을 느낍니다. 구두는 뒤축을 몇 번은 수선할 정도로 낡고 벌어져 있습니다.

지난 가을 터진 가슴의 어둠 새로
누군가의 살아있는 오늘의 부끄러운 촉수가
싸리 유채 꽃잎처럼 꿈틀댄다[16]

'터진 가슴'이나 '부끄러운 촉수'는 구두와 자신을 동일시하는 부분으로 화자가 스스로에게 느끼는 감정으로 보입니다. 시의 마지막 부분에는 구두가 들려주는 저문 고향의 강물 소리가 그려집니다. 쇠퇴한 '고향 텃밭의 허름한 꽃과 어둠'은 나에게는 구면이지만, 내 낡은 구두는 초면이면서도 '저문 고향의 강물 소리'를 들려준다고 합니다. '출렁출렁'이나 '덜그럭덜그럭'처럼 고향의 강물 소리를 구두 소리로 표현합니다. 이는 화자의 마음속 깊이 새겨진 고향의 소리이기도 하겠죠.

이쯤에서 다시 고흐의 〈구두 한 켤레〉에 대한 하이데거의 철학이 떠오릅니다. 그는 예술은 존재자의 존재를 드러내는 것이라고 했어요. 그는 고흐의 구두 그림에 단순한 도구로서의 구두만 있는 것이 아니고, 그 속에 감추어진 존재가 있다고 합니다. 그림 속의 구두에는 밭고랑을 누비는 농부 여인의 고단하지만 강인한 삶과 해 질 녘 들길을 걷는 고독이 드러나 있으며, 대지의 습기와 곡식의 풍요로움을 품고 있다고 했어요. 이 그림을 통해 구두에 감추어진 존재를 읽어내야 한다는 말이에요.

〈구두 한 켤레의 시〉 속 구두도 마찬가지겠지요. 시 속 화자를 대변하는 존재인 구두는 덜거덕거리고, 낡았어요. 화자는 고향에 무심하다고 생각했지만, 사실은 늘 고향을 그리워하고 있었어요. 그것을 증명해 주는 것이 화자의 낡은 구두인 거죠. 덜그럭거리는 낡은 구두의 소리에서 찰랑찰랑 고향의 강물 소리를 듣게 되고, 잊고 있던 고향의 모습이 떠오릅니다. 고향에 대한 그리움과 함께 쇠퇴한 고향의 모습을 제대로 인식하지 못한 자신을 부끄러워합니다. 구두는 알고 있어요. 어떤 길을 왔는지, 어떤 길을 가게 될 것인지, 어떤 길을 걷고 있는지. 잊고 있던 고향을 구두가 알려주고 있어요. 너는 귀가 얼어서 못 듣고 왔지만, 나는 그 소리를 신고 왔다고, 들어 보라고 말하고 있어요. 구두가 실어 온 존재를 증명하고 있는 거죠.

이 외에도 구두를 소재로 한 문학 작품들이 여럿 있습니다. 이상하게도 이런 작품들에서 느껴지는 감정이 거의 유사합니다. 대부분 슬프고, 아리고, 안타까움이 느껴져요. 윤흥길의 소설 〈아홉 켤레의 구두로 남은 사내〉의 가난하지만 자존심은 지키고 싶었던 주인공도 아리고, 박목월의 시 〈가정〉의 아홉 켤레 신발에서 가장의 책임감과 애정도 짠합니다. 또 이재무의 시 〈폐선들〉에서 폐선에 비유된 낡은 신발들을 보면서 어린 자식들의 허기를 채우기 위해 위태롭게 출렁대던 누추한 신발이 애틋해져 버리지 못하는 마음에 뭉클해집니다. 아마도 신발 주인들의 삶이 연상되기 때문이겠죠.

고흐와 문학 작가들이 그림에서 또 문학 작품에서 구두를 통해 표현하고자 했던 것이 무엇이었을까요? 그 구두가 누구의 것이든 작품을 통해서 삶의 의미를 이야기하려고 했던 것이 아닐까요? 구두를 통해 이야기하고자 했던 것이 단순한 사물의 재현이 아닌 구두 주인의 삶의 여정을 위로하고, 응원하고, 아름다웠으면 하는 작가들의 바람이 있었을 거란 생각이 듭니다.

고흐의 그림 〈구두 한 켤레〉를 감상하며 그림의 소재와 연계하여 몇 편의 시도 함께 감상해 보았습니다. 발품을 팔아 배경지식을 쌓고, 한 작품에서 다른 장르로 확장하여 작품을 읽고 감상해 보니 어떤가요? 읽기의 세계가 재미있고 흥미롭지 않나요?

그림을 감상하는 것은 그림을 보는 행위이고, 화가와의 만남입니다. 보는 사람의 적극적인 의지가 수반될 때 이루어지는 것이죠. 텍스트를 읽는 것과 다르지 않습니다. 작가가 펼쳐 놓은 세계에 발을 들이고, 느끼고, 공감하고, 비판적인 시각으로 따져보기도 하며 즐긴다면 어떤 순간, 어느 부분이 나의 것이 되는 경험을 하게 될 것입니다.

영화 읽기

영화는 사람들이 쉽게 접하고 즐기는 매체입니다. 학생들은 시험이 끝난 날 영화를 보러 가기도 하고, 주말에 시간적 여유가 생길 때도 영화를 봅니다. 요즘은 다양한 OTT를 통해 틈틈이 좋아하는 영화를 보며 스트레스를 풀기도 합니다. 주로 영화가 오락적 기능을 하는 셈이죠. 즐기기 위해 보는 영화는 생각하며 보지 않습니다. 그냥 재미로 보는 것이죠. 이렇게 영화는 본다고 말합니다. 영화를 읽는다고 말하지 않습니다. 하늘을 바라보고, 창밖을 바라보고, 스마트폰을 바라보는 것처럼 말이죠.

그런데 읽는다는 것은 어떤가요? 우리가 지금까지 읽기를 연습해 왔던 것처럼 독자가 적극적으로 참여하여 무엇인가 해야 할 것 같지 않나요? 이 장에서 우리는 영화를 '읽어' 보려고 합니다.

여러분도 잘 아는 것처럼 영화는 영상과 음향으로 메시지를 전달하는 매체입니다. 영상과 음향을 영화 언어라고 말하기도 하는데요. 우리가 눈으로 보는 것과 소리로 듣는 것이 모두 언어라는 점을 생각해야 할 것 같아요. 영화 언어를 간단하게 살펴보면 영상에서 장면이 크게 보이면 사건의 중요성이나 인물의 심리를 말하는 것이고 작게 보이는 것은 상황을 말하는 것입니다.[17] 또 '색'은 영상의 메시지를 효과적으로 전달하는 요소인데요. 명암과 색채로 전달되는 '색'은 의미를 전달하는 요소이면서 관객이 느끼는 감정과도 연관이 있습니다. 이번에는 영화 언어로 전달되는 소리를 생각해 보죠. 영화관에 가면 공간을 압도하는 스피커 소리를 느껴보았을 거예요. 그 소리는 영상을 효과적으로 전달하는 역할을 하여 관객들은 소리로 인해 영화에 몰입하게 됩니다. 그래서 음향이 만들어 내는 인물의 감정이나 영화의 분위기는 빼놓을 수 없는 영화 언어에 해당할 것입니다.

이렇게 영화는 다양한 방식으로 관객에게 이야기를 전달하는 매체입니다. 그래서 영화를 읽기 위해서는 영상 속 대화뿐만 아니라 배우들의 모습과 풍경, 들리는 음악, 어둡고 밝음 등이 전달하는 의미에 대한 이해가 필요할 것입니다. 이런 이유로 영화 읽기는 능동적으로 보고 해석하는 창의적인 감상[18]이라고 할 수 있습니다. 그렇다고 그동안 쉽게 보았던 영화를 너무 어렵게 생각할 필요는 없습니다. 우리는 앞장에서 뻔뻔하게 골라 읽기도 하였고, 개념을 파악하는 것으로 책을 읽어 본 경험이 있습니다. 이렇게 다양한 '읽기 전략'을 활용하여 영화를 읽는다면 더욱 즐겁게 영화를 읽을 수 있을 것입니다.

그럼 본격적으로 영화 읽기를 시작해 보겠습니다. 이번에 읽어 볼 영화는 프랭크 다라본트 감독의 〈쇼생크 탈출〉과 가브리엘 무치노 감독의 〈행복을 찾아서〉입니다. 이 영화들을 '꼬리 물어 읽기' 전략을 적용하여 읽어 보려고 하는데요. 꼬리 물어 읽기는 앞에서 나온 정보와의 연관성을 찾아내서 두 편의 영화를 연결하여 읽는 방법입니다.

<쇼생크 탈출>

감독	프랭크 다라본트
개봉	1995.01.28.
등급	15세 관람가
장르	드라마
국가	미국
러닝타임	142분
배급	더픽쳐스

〈쇼생크 탈출〉은 1995년 프랭크 다라본트가 감독을 맡고 팀 로빈스과 모건 프리먼이 주연으로 나오는 영화입니다. 젊은 시절 살인을 저질러 20년째 교도소에서 복역 중인 레드(모건 프리먼)는 교도소에서 구경하기 힘든 물건을 능란한 수완으로 유통하고 수수료를 챙기는 인물입니다. 앤디(팀 로빈스)는 아내를 살해한 혐의로 교도소에 들어온 신참으로 새로운 환경에 적응하느라 무척 힘든 시간을 보냅니다.

앤디는 은행원이었습니다. 수준 높은 교육을 받고 탄탄한 경제력을 가진 삶을 살았을 것으로 짐작할 수 있습니다. 그런 그가 살인범이 되어 교도소에 들어온 것입니다. 게다가 앤디는 자신의 결백을 주장하고 있습니다. 어느 날 자신의 결백을 입증할 만한 증인이 나타나기도 했는데 그 증인이 살해되는 바람에 누명을 벗으려는 노력이 수포로 돌아가는 일도 있었습니다. 그럼에도 앤디는 꿋꿋하게 교도소 생활에 적응해 갑니다. 그리고 그 적응의 방식이 무척 새롭습니다. 재소자들을 번호로 부르는 교도소에서 간수에게 두들겨 맞고 죽은 죄수의 이름을 궁금해하고, 종신형을 받은 처지에 교도소에서 끊임없이 새로운 일을 계획하고 만들어 냅니다. 다른 사람들이 사소하게 여기는 것들에 따뜻한 관심을 갖고, 어떤 것이든 다른 사람들의 판단에 안일하게 따라가지 않습니다. 스스로 생각하는 수고로움을 기꺼이 감수하며 오랜 시간을 두고 신중하게 판단하지요. 그리고 희망을 말합니다.

인상 깊은 장면이 둘 있습니다.

하나는 앤디가 간수의 세금 문제를 해결해 주고, 그 보답으로 교도소 동료들에게 맥주를 마실 수 있게 해준 장면입니다. 자신은 술을 끊어서 마시지 않는다며 행복하게 맥주를 마시는 동료들을 바라보던 앤디의 표정을 카메라가 오래 보여줍니다.

또 다른 하나는 앤디가 소장실의 문을 잠그고 오페라 '피가로의 결혼'을 틀어 온 교도소에 울려 퍼지게 한 장면입니다. 갑자기 들려오는 이탈리아 가수의 노래에 교도소의 죄수들은 회색의 공간에서는 감히 상상할 수 없는 자유를 느낍니다. 말로 표현할 수 없는 아름다운 음악 앞에 그 순간만큼은 자신이 교도소에 있다는 사실마저 망각한 표정을 짓습니다. 소장실의 문을 열라는 소장의 명령을 무시한 앤디는 결국 독방에 갇히지만 자신의 행동을 후회하는 모습은 보이지 않지요.

솔직하게 말하자면 앤디 캐릭터는 비현실적입니다. 그 척박하고 고단한 교도소에서 그런 행동을 할 수 있는 사람은 현실에서 만나기 힘들 것입니다. 대부분의 사람은 레드처럼 교도소 생활에 영악하게 적응하여 이득을 챙기든가 브룩스처럼 감옥을 자신의 세상으로 받아들입니다. 그들은 끔찍이도 싫어하는 벽과 철창에 익숙해져 버리고 결국은 감옥 밖의 현실에서는 살 수 없는 인간이 되어버립니다. 문득 우리가 사는 현실이 교도소는 아니지만 우리의 무기력과 체념은 그들과 닮아 있다는 생각이 들기도 합니다.

영화 말미에서 우리는 앤디를 그렇게 버티게 해준 힘이 어디에서 나왔는지 확인할 수 있습니다. 앤디는 20년 가까운 수감 기간 내내 조용히 끈질기게 벽에 구멍을 파고 있었습니다. 어쩌면 탈출을 목적으로 판 것이 아닐지도 모릅니다. 시간이 갈수록 들킬 위험이 커질 테니 탈출을 위해서라면 최대한 기간을 단축했을 테니까요. 앤디의 벽 뚫기는 탈출 자체가 목적이었다기보다는 자신의 세상에 끊임없이 질문하는 삶, 그 자체가 아니었을까 생각합니다. 현재의 상황에 안주하지 않고 자신을 둘러싼 한계에 노크하며 균열을 내는 삶. 그리하여 어느 순간 그 한계 밖의 무언가와 만나는 삶 말입니다.

앤디는 똥과 오물이 가득한, 450미터 길이의 좁은 하수관을 기어 탈출에 성공합니다. 자신을 둘러싼 한계를 기어이 뚫고 나온 자의 해방감은 과연 어떤 기분일까요? 우리는 그저 짐작만 할 수 있을 뿐입니다. 그런 사람은 주변 사람의 삶도 바꾸어 놓습니다. 앤디의 편지를 읽은 레드가 남태평양을 향해 긴 여행을 떠나는 모습은 교도소 밖 낯선 현실에 잔뜩 위축되었던 레드가 비로소 자유로워지는 순간이었습니다. 국경을 넘을 수 있기를 희망한다는 레드의 내레이션은 보다 용기 있는 삶을 살라는 우리 모두를 향한 메시지이기도 합니다.

〈쇼생크 탈출〉은 감옥을 탈출하는 이야기입니다. 앤디는 아내를 죽였다는 누명을 쓰고 억울하고 분하지만 체념하거나 좌절하지 않고 꿋꿋하게 삶을 이어가며 희망이 없는 곳에서 희망을 만들어 냅니다.

앤디의 희망은 누구도 빼앗아 갈 수 없는 것이었습니다. 그것은 <행복을 찾아서>의 크리스의 꿈과 유사합니다. 크리스에게 꿈은 절대로 포기할 수 없는 것이었습니다. 아무리 가난에 삶이 짓밟힐지라도 말이죠. <행복을 찾아서>는 감옥 같은 가난에서 절망하지 않고 일어서서 나아가는 크리스의 이야기입니다.

<행복을 찾아서>

감독	가브리엘 무치노
개봉	2007.02..28.
등급	전체 관람가
장르	드라마
국가	미국
러닝타임	117분
배급	(주)팝엔터테인먼트

행복이란 무엇일까요? 행복에 대한 기준은 사람마다 다르기 때문에 한 마디로 정의하기는 어렵지만 누구나 행복해지기를 바랍니다. 여기 <행복을 찾아서>의 주인공인 크리스(윌 스미스)도 어느 날 행복한 사람들의 얼굴을 보고 행복해지는 꿈을 갖게 됩니다. 꿈이라고 했죠?

그것은 크리스가 행복해지는 것은 현실적으로 매우 어려운 상황임을 말해줍니다.

주인공 크리스는 의료 장비인 휴대용 골밀도 스캐너를 팔러 다니는 외판원입니다. 스캐너는 한 달에 최소 두 개는 팔아야 하는데요. 아주 오랫동안 팔지 못했습니다. 그래서 스캐너는 항상 그의 손에 들려 있습니다. 납부 기일을 넘기고 있는 세금, 밀린 집세, 넉 달째 세탁 공장에서 야근을 하고 있는 아내의 날카로운 음성에 실려 전달되는 크리스네 경제 사정은 나아질 기미가 보이지 않았습니다. 이런 상황에서 아내의 체념과 무시와 냉대로 크리스의 꿈은 조롱당하기만 했습니다. 그래서 아내와 함께 있는 장면은 언제나 우울해 보입니다. 아들 크리스토퍼(제이든 스미스) 생일날 아내의 얼굴에 드리워진 짙은 어둠은 그들의 앞날을 예고하는 듯했습니다.

결국 아내는 떠나고 크리스는 아들과 함께 노숙자로 살아갑니다. 이제 어디를 가든지 양손 가득 짐을 들고 다녀야 했습니다. 팔지 못한 스캐너가 항상 손에 들려 있는 것으로 어려운 경제 사정을 보여준 것처럼 손에 들린 그의 짐들은 온몸으로 감당하고 있는 삶의 무게처럼 보였어요. 그가 지키려는 꿈은 스스로 포기하지 않아도 포기할 수밖에 없는 상황이 되었던 것입니다.

크리스의 절망적 상황을 보여주는 장면들이 있습니다. 먼저 잠잘 곳이 없어 공중화장실에서 아들을 재우는 장면인데요, 크리스는 화장실 바닥에 기대어 앉아 눈물을 흘립니다. 사랑하는 아들을 공중화장실에서 재우다니 자신의 처지가 얼마나 비참했겠어요. 아무리 노력해도 안 되는 일이라 절망하고 있었을지도 모르겠어요. 게다가 화장실에 들어오려는 사람의 노크 소리가 계속 들려옵니다. 그의 눈물 속에는 살던 곳에서 쫓겨날 때마다 겪었던 일들이 스쳐 지나는 것 같았습니다. 아내가 떠나버린 날도 밀린 집세를 독촉하는 노크 소리가 들렸고, 불법주차요금 미납으로 구금되던 날 경찰의 노크 소리도 그에게 고통을 준 소리였죠. 크리스는 잠든 아들의 귀를 막으며 노크 소리를 견딥니다. 그것은 아들을 지키려는 간절한 바람처럼 보였습니다.

그러나 그는 다음날부터 강한 모습으로 변합니다. 더 이상 화장실 바닥에서 아들을 재울 수 없었기 때문입니다. 무료 숙소를 구하기 위해 달리고, 새치기한 사람을 밀쳐내는 장면은 그야말로 치열한 전사 같았어요. 그의 달리기는 우사인 볼트보다 빨라 보였는데, 무료 숙소를 구해야 한다는 일념밖에는 없어 보였습니다. 이제 그의 손에 주렁주렁 들려 있는 짐들이 아무것도 아닌 것처럼 느껴졌습니다. 아빠를 따라가다 아끼는 장난감을 놓친 아이의 안타까운 외침이나 눈물조차 크리스의 시선에 들어오지 않을 정도였어요. 크리스가 달리며 외친 말은 오직 "빨리, 빨리!" 뿐이었습니다.

이렇게 절박한 상황 속에서 크리스는 꿈을 이루기 위해 노력합니다. 하루에 200통씩 고객들에게 전화하고 화장실에 가는 시간을 아끼려고 물도 마시지 않습니다. 마치 교도소에 도서관을 지원해 달라고 주정부에 매주 두 통씩 편지를 보내던 〈쇼생크 탈출〉의 앤디처럼 희망의 끈을 놓지 않았던 것입니다. 사실 꿈을 이루려는 크리스 앞에 현실은 막막한 상황이었습니다. 크리스의 가정 형편뿐 아니라, 크리스가 살던 1981년의 미국은 경제 상황이 어려웠고, 그만큼 수많은 사람이 치열하게 경쟁하는 곳에서 꿈을 이루는 단 한 사람이 되어야 했으니까요. 그러나 크리스의 꿈은 이루어집니다. 그 사실을 확인하는 순간 그는 행복한 사람들의 무리 속으로 들어가 감격스러워하며 아들에게 달려갑니다. 〈쇼생크 탈출〉에서 앤디가 탈출에 성공했을 때와 비슷한 기분이었을까요? 영화를 보는 내내 꿈을 이룰 수 없게 만들었던 수많은 어려움이 그의 감정 속에 녹아드는 듯했습니다.

마지막으로 스토리를 정리하듯이 펼쳐지는 자막에서는 자막에서 우리는 크리스의 성공이 실현된 것을 확인할 수 있습니다. 1987년 실존 인물이었던 크리스가 '가드너 리치'라는 투자회사를 설립했고, 2006년에는 자신의 회사 지분 일부를 수억 달러에 매각했다고 하네요.

〈행복을 찾아서〉의 크리스는 〈쇼생크 탈출〉의 앤디처럼 자신을 가두고 있던 현실에서 탈출한 인물입니다. 크리스의 가난한 현실은 앤디의 감옥이었습니다. 아들 손을 잡고 잠잘 곳을 찾아 헤매는 심정이 억울한 누명을 쓰고 감옥에 갇힌 마음과 같아 보였습니다. 그는 열심히 스캐너를 팔러 다녔어요. 그런데도 팔리지 않았습니다. 거리에 내동댕이쳐진 삶에서 일어설 수 있었던 힘은 무엇일까요? 앤디가 오랜 시간 벽을 뚫고 있었던 것처럼, 아들의 손을 잡고 삶의 무게를 견디며 꿈을 잃지 않은 의지였을 것입니다.

〈행복을 찾아서〉는 사람들에게 희망을 보여줍니다. 〈쇼생크 탈출〉의 앤디의 탈출도 마찬가지였습니다. 앤디에게 희망은 절대로 빼앗길 수 없는 것이었습니다. 크리스에게도 꿈은 어떤 상황에서도 지켜야 하는 것이었습니다. 그들은 고통스런 현실에서 희망과 꿈을 갖고 살았습니다. 그들의 희망이 비록 현실에서 이루어지기 힘든 희망이라도 앤디와 크리스의 탈출은 우리에게 희망을 줍니다. 영화를 읽는 동안 우리는 강 건너 불구경을 한 것이 아니라 그들과 한마음이 되었고, 그들의 희망 속에서 우리의 희망을 생각했기 때문입니다.

지금까지 〈쇼생크 탈출〉과 〈행복을 찾아서〉에서 인물이 처한 고통스런 현실과 삶의 태도, 그들이 던지는 희망이라는 메시지를 연결하여 생각해 보았습니다. 이렇게 '꼬리 물어 읽기'는 서로 다른 이야기를 하나의 이야기로 통합하는 재미가 있습니다. 다음 영화에서는 조금 더 시간을 들여서 배경지식을 찾아보고 알아가는 재미를 느껴보는 영화 읽기를 해 보겠습니다.

<자산어보>

감독	이준익
개봉	2021.03.31.
등급	12세 관람가
장르	드라마
국가	대한민국
러닝타임	126분
배급	플러스엠 엔터테인먼트

'발품 팔아 읽기'를 기억하죠. 우리는 2장에서 작가와 시대를 알아본 후 배경지식을 바탕으로 작품을 읽는 방법을 알아보았어요. 이번에는 영화 〈자산어보〉를 발품 팔아 읽어 보려 합니다. 〈자산어보〉는 역사 시간에 배운 조선 후기 실학자가 지은 책인데요, 역사적 사실을 바탕으로 한 작품이기 때문에 시대적 배경을 이해하는 것이 필요합니다.

이 영화는 사극 영화의 대가로 알려진 이준익 감독의 작품입니다. 그는 연산군 시대가 배경인 〈왕의 남자〉, 사도세자 이야기 〈사도〉, 윤동주의 삶을 그린 〈동주〉 등의 작품을 만든 감독입니다. 영화 〈자산어보〉는 영화제 수상 내역도 화려한데요, 2022년 피렌체 한국 영화제 관객상, 디렉터스 컷 어워즈 감독상, 각본상, 2021년에 받은 상은 22

회 부산 영화 평론가 협회상 부문에서 남자연기상, 기술상, 42회 청룡
영화상에서는 남우주연상, 음악상, 각본상, 편집상, 촬영 조명상 등을
받았습니다. 그 외에 수상 내역도 많은데요, 수상 내역에서 알 수 있듯
특별한 영화인 것 같습니다. 자 그럼 지금부터 영화를 읽기 위해 배경
지식을 알아볼까요?

영화 〈자산어보〉는 정약전이 유배지에서 물고기 연구를 하며 살
아가던 모습을 보여준 작품입니다. 학교에서 역사 공부를 하며 정약용
이라는 인물에 대해서는 들어봤을 거 같아요. 수원 화성을 지을 때 사
용한 거중기, 대표적인 저서 〈목민심서〉로 유명하잖아요. 정약용의
형이 이 영화의 주인공인 정약전(설경구)입니다.

정약전은 천주교와 관련되어 유배를 가게 된 인물입니다. 1801년
정조 임금이 죽고 난 후 시작된 신유박해가 시대적 배경입니다. 영화
는 정약전이 흑산도로 향하며 주인공의 형제들인 정약종, 정약전, 정
약용이 처벌받는 상황을 회상하는 장면으로 시작합니다. 당시 천주교
와 관련되어 많은 사람이 사형이나 유배형에 처해지는데요, 사람들은
천주교로 처벌받은 사람들을 사학죄인이라 부르며 가까이하지 않았어
요. 〈자산어보〉에서 창대(변요한)가 글을 가르쳐 주겠다는 정약전의
호의를 거절한 것도 사학죄인이었기 때문입니다. 그렇다면 먼저 당시
천주교에 대한 이해가 필요할 것 같습니다.

조선 후기 중국으로부터 들어온 천주교는 책을 읽으며 성립된 종교

입니다. 초기 천주교는 서양의 학문으로 받아들여졌어요. 서양의 학문은 일반적으로 서학이라 말하였는데요, 서학은 과학과 종교를 아우르는 말이었습니다. 당시 서양의 과학은 조선의 현실에 유용하게 활용되었어요. 시헌력이라는 조선의 역법에 이용되기도 하였고, 정약용이 만든 거중기도 서양의 기술 서적이었던 〈기기도설〉을 참고하여 만들었다고 합니다. 이러한 서학 서적들은 한문으로 저술되었기 때문에 조선의 학자들도 자연스럽게 읽었던 것이지요. 서학 서적들은 중국에서 활동하던 서양 선교사들이 종교를 전파하려는 목적으로 저술한 책입니다. 조선의 지식인들은 이 책들을 들여와 서양 학문을 연구하기 위해 읽었습니다. 그러다가 자연스레 천주교 교리를 접하고 신자가 되기도 했습니다. 이어 천주교 서적들을 우리말로 번역해 민중들도 그 책들을 읽고 신앙을 갖게 되었어요.

그런데 조정에서는 천주교가 유교 윤리에 어긋난다는 이유로 믿지 못하게 하고 믿는 사람들을 처벌했어요. 조선의 신분 질서를 위협한다는 이유도 있었지요. 천주교 교리에서는 신 앞에서 모든 인간이 평등했기 때문입니다. 천주교 유행은 조선 사회가 변하고 있었다는 것을 보여주며, 변화의 필요성은 조선 후기 사회의 모습과 연관 지어 생각해 볼 수 있습니다.

조선 후기는 부정부패가 심했던 사회였어요. 영화에는 관리들의 횡포가 아주 상세히 제시되고 있는데 그것은 가상으로 만든 이야기가 아니라 역사적 사실을 바탕으로 한 이야기입니다. 역사 시간에 배운 '삼정의 문란' 기억하지요? 세금 제도인 전정, 군정, 환곡의 문란, 바로 그 역사적 사실이 영화에서도 백성들을 괴롭히는 이야기로 등장합니다. 특히 군인이 되어 나라를 지키는 대신 군포를 납부할 수 있도록 한 '군정'의 폐해는 심각했어요. 군포는 16세 이상의 남성에게 부과하던 세금이었는데, 갓난아기에게도 부과하거나(황구첨정) 죽은 사람에게도 부과(백골징포)하였기 때문입니다. 이러한 말도 안 되는 세금 징수로 한 집안의 가장이 자기 신체 일부를 제거하며 저항하는 장면이 나오는데, 그 장면은 정약용이 쓴 시 〈애절양〉을 영화 속 장면으로 바꾼 것이라고 합니다.

노전 마을 젊은 여인의 통곡 소리 그칠 줄 모르네
현문을 향해 울부짖다 하늘 보고 호소하길
싸움터 간 지아비가 못 돌아오는 수는 있어도
예부터 남절양(男絕陽)은 들어보지 못했구나
시아버지 죽어 이미 상복을 입었고, 갓난아인 배냇물도 안 말랐는데
삼대(三代)의 이름이 군적에 모두 다 실렸으니
가서 억울함 호소해도 문지기는 호랑이요
이정(里正)은 호통치며 마구간 소 끌고 갔네
칼을 갈아 방에 드니 자리에는 피가 가득
스스로 탄식하길 자식을 낳은 것이 화로구나(이하 생략)

−〈애절양_여유당전서 1집 4권〉

관직을 사고팔던 상황 또한 관리들이 백성들을 괴롭히는 요인이 됩니다. 영화에서 흑산도 별장이 어민들의 재산을 빼앗아 가는 것도 돈을 주고 별장이 되었기 때문에 일어난 일입니다. 돈을 내고 관직을 얻었으니 그만큼 아니 그보다 훨씬 많은 돈을 백성들에게서 뽑아내야 하니까요.

이러한 시대적 배경이 영화의 중심 스토리가 되는데요. 성리학 공부에 매진하던, 흑산도 청년 창대는 정약전에게 묻습니다. 경서, 예법, 주역에 대한 책을 쓰지 않고 물고기에 관한 책만 쓰는 이유를 말입니다. 그의 궁금증은 당연했어요. 창대에게 책이라고 하는 것은 유교 경전뿐이었기 때문이죠. 그런데 정약전은 창대가 이해할 수 없는 말을 합니다. 자신이 바라는 세상은 양반도 상놈도 없고, 적자도 서자도 없고, 주인도 노비도 없고, 임금도 필요 없는 세상이라고 말이죠. 그다음 말은 정약전이 서학을 연구하고 천주교를 믿었던 이유를 알 수 있게 해요.

"서학이든 성리학이든 좋은 것은 다 가져다 써야지. 나는 성리학으로 서학을 받아들였다. 이 나라의 주인이 성리학이냐? 백성이냐?"

그는 마음을 열고 다양한 세계를 받아들여야 한다고 생각했던 것입니다. 성리학에 매몰되어 백성의 애환을 바라보지 못하던 양반들에게 외치는 말이었던 셈이죠. 영화에서는 그런 생각들이 곳곳에 나타납니다. 임진왜란 때 일본이 조선에 엄청난 피해를 준 것도 서양 사람들한테 배운 기술 때문이라고 하면서 소리를 높입니다. 조선 후기 실사구시를 외치던 실학자들의 생각이 이와 비슷했을 것입니다. 정약전은 성리학보다 물고기 연구가 어부들에게 도움이 될 수 있다고 생각했습니다. 물고기를 잡는 것이 어부들의 삶이었기 때문입니다. 영화에서는 창대가 정약전을 떠올리는 장면마다 물고기를 설명하는 내레이션이 전개됩니다. 자신이 평생 공부했던 유학 경전보다 창대가 알고 있었던 물고기에 대한 지식이 더 유용하다는 것을 상기시켜 주는 것처럼 말이지요.

창대는 물고기에 대해 모르는 것이 없었어요. 바다의 생태학자처럼 물고기의 생김새와 물고기가 살아가는 모습을 자세히 설명합니다. 그리고 물고기에 대해 아는 것이 당연하다는 듯 말합니다. 홍어 다니는 길은 홍어가 알고, 가오리 다니는 길은 가오리가 아는 것처럼 물고기를 알아야 물고기를 잡을 수 있다고 말입니다. 정약전은 창대의 도움을 받아 '어류도감'을 쓰기 시작합니다. 그에게 어류도감은 유배지에서의 삶을 어둡고 무서운 느낌의 흑(黑: 검을 흑)산이 아니라 자(玆: 무성할 자)산이 되게 해주었습니다.

그러나 창대는 스승인 정약전을 떠나 유학 경전을 공부하며 깨우친 새로운 세계로 나아갑니다. 서학을 받아들였던 정약전의 가르침을 인정할 수 없었던 것이지요. 창대는 정약용이 지은 〈목민심서〉를 실천하겠다는 이상을 갖고 있었습니다. 그러나 우리가 배경지식에서 살펴보았던 것처럼 조선 후기 사회는 부정부패가 심했던 사회였어요. 소과에 합격하여 진사가 된 창대가 목격한 것은 자신보다 학식을 먼저 깨우치고 관직에 진출한 유학자들이 부정한 방법으로 백성들의 재산을 빼앗는 광경이었습니다.

결국 앞에서 얘기한 〈애절양〉과 같이 백성들의 처참한 상황을 목도한 창대는 과거 시험을 보고 관직에 나가려던 것을 포기하게 됩니다. 조선 후기 사회적 상황이 창대가 글을 배우며 깨우친 이상적인 유교 사회와 달리 이미 무너지고 있었음을 말해 주고 있어요. 그것은 평생 유학 경전을 공부하던 정약전이 물고기 연구에 매달린 이유이기도 했습니다.

정약전의 물고기 연구는 의미하는 바가 큽니다. 모두가 유학 경전만 최고의 가치로 여기던 시대에 백성들의 삶에 관심을 가졌다는 것입니다. 그는 물고기 연구가 성리학보다 백성들에게 도움이 된다고 생각했고, 성리학이든 서학이든 좋은 것은 다 받아들여야 한다고 했습니다. 우리가 역사 시간에 배운 실학사상을 실천한 인물이었던 셈입니다. 더구나 정약전은 창대에게 자신의 지식과 창대의 경험을 교류하자고 제안합니다. 두 사람은 수평적 관계로 서로의 스승과 제자가 되었음을 의미합니다. 거기에다 정약전은 〈자산어보〉 서문에 창대가 한 일을 기록으로 남깁니다. 그런 면에서 〈자산어보〉는 수평 사회를 지향하는 정약전의 생각이 담긴 작품이라고 해야 할 것입니다.

덧붙여 흑백 영화가 주는 이미지도 〈자산어보〉 읽기에서 빼놓을 수 없겠네요. 흑백 영화는 명암대비와 형태가 지배적인 구성요소입니다. 영화에서 흑백의 영상이 어떤 이미지로 다가오는지 눈여겨보아야 합니다. 또한 흑백 영화는 시각적으로 과거의 정서를 더 잘 느끼게 하는 효과가 있다고 합니다. 그리고 보니 컬러로 표현한 두 장면이 있었네요. 파랑새와 마지막 흑산 장면인데요. 파랑새는 창대가 말한 새이고, 마지막 흑산 장면은 창대가 돌아올 때의 흑산 모습입니다. 아마 〈자산어보〉에서 감독은 창대가 살아갈 공간을 평화로운 모습으로 그리고 싶었던 것 같습니다. 이처럼 영화를 읽으며 감독의 의도를 모두 이해할 수는 없지만 관객이 하나하나의 장면을 나름대로 생각해 보는 것도 즐거운 영화 읽기가 될 수 있습니다.

지금까지 영화 〈자산어보〉를 조선 후기 사회에 관한 역사적 배경지식을 바탕으로 읽어 보았습니다. 이 영화는 실존 인물과 실제 사례를 바탕으로 한 작품이기 때문에 배경지식을 발품 팔아 읽는 것이 필요한 영화였습니다. 역사 시간에 배운 조선 후기 사회를 떠올려 영화를 읽을 수 있다면 더없이 좋은 일이겠죠. 그래야 영화 〈자산어보〉가 그저 지나간 옛날이야기가 되지 않고 역사를 이해하며 관객에게 새로운 의미로 남을 수 있을 것입니다.

디지털 매체 읽기

'미디어 리터러시'라는 말이 있습니다. 먼저 '미디어'는 우리말로 매체를 뜻합니다. 우리말로 바꾸어도 여전히 어렵네요. 매체는 어떤 사건이나 현상을 전달하는 매개체를 말합니다. 넓게 보면 우리의 눈과 귀와 같은 감각기관도 매체라고 할 수 있겠지요. 우리가 사용하는 언어도 매체입니다. 일반적으로는 대중매체를 가리키는 말로 쓰입니다. 이를테면 책, 신문, 라디오, 텔레비전 그리고 컴퓨터와 스마트폰이 있습니다. 우리가 간접 경험으로 세상을 만나는 통로이지요.

다음으로 '리터러시'는 문해력으로 번역됩니다. 그런데 글을 읽고 이해하는 능력이라는 의미보다 더 많은 의미를 담고 있어서 번역하지 않고 그대로 사용하는 경우가 많습니다. 리터러시에는 읽고 이해하는 능력뿐만 아니라 텍스트를 생산하는 능력도 포함되기 때문입니다.

1992년 미국의 싱크탱크인 애스펜연구소는 '미디어 리터러시 전미 지도자회의'에서 '미디어 리터러시'를 "다양한 형태의 커뮤니케이션에 액세스(접근)하고, 분석하고, 평가하고, 발신하는 능력"으로 정의하기도 했습니다.

우리는 이제 '독서'라는 말 대신 '읽기'라는 말을 써야 합니다. 독서라고 하면 책이라는 매체에 한정된 읽기를 말하지만 이제 우리가 읽어야 하는 것은 책뿐만이 아니기 때문입니다. 영화와 드라마에 이어 웹툰과 유튜브 콘텐츠까지도 '읽기'의 대상이 되었습니다.

우리는 다양한 디지털 매체로 둘러싸인 환경에서 무차별적으로 쏟아져 들어오는 정보들을 읽고 선별하여 판단하고 평가하는 주체가 되어야 합니다. 왜곡된 정보를 무비판적으로 수용하는 대중이 얼마나 위험한 방향으로 질주할 수 있는가는 인류가 저지른 '유대인 학살'과 같은 역사가 증명하고 있습니다.

대중은 생산된 정보를 일방적으로 소비하기만 하는 수용자가 아닙니다. 과거 소수의 지식인들이 가졌던 콘텐츠 생산 특권은 사라졌습니다. 이제 누구나 책을 출판할 수 있고 영상을 찍어 대중에게 전달할 수 있습니다. 우리는 정제되지 않은 정보의 홍수에서 살아남아야 합니다. 옥석을 가릴 줄 아는 안목을 키워야 합니다. 가치판단을 할 수 있는 가치관을 정립해야 합니다. 매일 쏟아져 들어오는 새로운 정보에

문을 활짝 열되 휘둘리지 말아야 합니다.

그렇다면 '미디어 리터러시'는 어떻게 체득할 수 있을까요? 이 역시 우리가 2장에서 살펴본 다양한 '읽기 전략'을 통해 얻을 수 있습니다. 임진왜란 당시 명량대첩의 승리를 기억하시나요? 이순신 장군은 명량 에서 열두 척의 배로 삼백 척 넘는 왜적과 싸워야 했습니다. 만약 그때 이순신 장군이 정면승부를 고집했다면 이길 수 없었을 것입니다. 그는 다양한 전략과 전술로 절대적 약세였던 상황에서 승리할 수 있었습니다. 이는 매일 쏟아지는 정보의 홍수 속에서 살고 있는 우리의 상황과 비슷합니다. 이 정보를 일일이 정면 승부로 처리하려고 하면 당해낼 재 간이 없습니다. 그래서 우리에게는 '전략'이 필요합니다. '전략'은 자신의 능력을 가장 고효율로 끌어올리는 방법으로 반드시 치밀한 판단 능력 이 필요합니다.

이제 우리는 앞서 우리가 체득한 읽기 전략을 통해 실제 디지털 매 체의 콘텐츠를 '전략적으로' 읽는 경험을 해보려고 합니다.

웹툰 읽기 『호랑이 형님』
이상규 지음, 2015-2022 연재, 휴재 중,
출처: 네이버 웹툰.

네이버 웹툰 대표 히트작 중 하나인『호랑이 형님』은 '2015 오늘의 우리 만화 선정작'이며 '한국 콘텐츠대상', '한국콘텐츠진흥원장상'을 수상한 작품입니다. 장르는 사극 판타지물로 시대가 특정되지 않았고 가상의 공간에서 벌어지는 사건을 다루고 있습니다. 하지만 주요 공간인 '흰산'은 백두산을 연상케 하며 수많은 캐릭터는 고대사나 신화에서 차용해 온 것으로 보입니다.

서사의 스케일이 매우 커서 아직 완결되지 않았고 3부까지 진행되는 과정에서 각 부마다 중심 캐릭터가 달라지고 있지요. 심지어 주요 캐릭터들의 관계가 명확하게 밝혀지지 않은 상황에서 매력적인 캐릭터들의 이야기가 전개되면서 독자들의 궁금증이 증폭되고 있는 상황입니다.

이 작품을 읽는 데 유용한 읽기 전략은 '발품 팔아 읽기'와 '퍼즐 맞추며 읽기'입니다. 우선 어떤 발품을 팔아볼 수 있는지 알아봅시다. 1부의 주인공은 산군이라고 불리는 호랑이입니다. '호랑이 형님'이라는 이 웹툰의 제목은 전래동화『호랑이 형님』에서 차용한 것이 분명하지요.

단군 신화에도 등장하는 호랑이는 공포와 경이감을 동시에 불러일으키는 우리 전통 콘텐츠에서 매우 큰 비중을 차지하는 캐릭터입니다. 이 정도는 발품을 팔아야 할 정도의 배경지식은 아닐 것입니다. 하지만 주요 공간적 배경인 '흰산'이 백두산이며 백두산의 다른 이름인 '도

태산', '불함산'에서 캐릭터의 이름을 가져왔다는 것은 고대사 자료를 찾아봐야 알 수 있는 정보입니다.

또한 중심 캐릭터 중의 하나인 '완달'과 '여진'은 만주족 영웅 설화에 나오는 이름이지요. 신화 속 캐릭터인 '용'도 서사에서 중요한 역할을 담당합니다. 아무래도 '판타지 장르의 특성상' 세계관과 가치관의 충돌로 인한 전투 장면이 많이 나오기 때문에 힘과 외양에서 용은 매력적인 캐릭터가 되기에 충분하기 때문이지요.

'산군'만큼이나 매력적인 캐릭터로 자리 잡은 '대장 추이'는 '산군'과 대립하는 캐릭터입니다. 추이는 박지원의 소설 『호질』에서도 언급되는 짐승으로 범을 만나면 찢어먹는다고 알려져 있습니다. 숙명적으로 범과 대립할 수밖에 없는 캐릭터이지만 부정적으로만 그려지지 않는 것이 이 스토리의 큰 매력입니다.

'대장 추이'는 '흰산 일족'의 보호를 받는 호랑이를 잡아먹는다는 이유로 변방으로 밀려난 자기 종족을 위해 희생하는 전형적인 지도자 캐릭터입니다. 그 영웅적 비장미가 '산군'을 응원하는 독자에게도 큰 울림을 주어서 '산군'과 공존할 수 없는 반동 인물(주인공과 대립하는 안티 캐릭터)임에도 불구하고 두터운 지지층을 형성하고 있습니다.

이렇게 이 웹툰에 등장하는 캐릭터들은 기존의 서사에 근거를 두고 있어 그 캐릭터가 나온 다른 문헌자료를 찾아보고 배경지식을 쌓을수록 이야기를 능동적으로 이해할 수 있고 앞으로 이어질 내용을 예측할 수 있어 읽는 재미가 커집니다.

다음으로 '퍼즐 맞추며 읽기' 전략을 적용해 봅시다. 앞에서 말했다시피 이 웹툰은 현재 3부로 구성되어 있습니다. 그런데 구성이 시간의 흐름에 따라 이어지지 않습니다. 1부와 2부는 중심 캐릭터인 '산군'과 '영웅왕'의 이야기, 그리고 그들이 '항마전'이라는 전투에서 '압카'에게 패배한 이후 '영웅왕'의 아들인 '아랑사'를 둘러싼 쟁탈전으로 이루어져 있습니다.

그 사이사이에 과거의 이야기가 들어가 있고, 스케일의 규모만큼이나 많은 캐릭터들이 등장하고 그 캐릭터들이 단순한 선과 악으로 규정되지 않고 입체적으로 움직이기 때문에 이후 서사의 전개를 쉽게 예측하기 힘들지요. 어제의 적이 오늘의 동지가 되기도 하고 한편인 줄 알았던 이들이 원수가 되기도 하니까요.

게다가 3부는 '영웅왕'과 '압카'의 숙명적 대결이 일어나게 된 근원을 다루고 있습니다. 그래서 시간적으로 아주 먼 과거로 이동합니다. 앞서 있었던 사건의 원인을 나중에 다루는 역행적 구성이기 때문에 독자는 여기저기 산재되어 있는 사건의 조각들을 면밀히 모아서 연결하며 스토리를 완성해 가야 합니다.

과거에는 잡지에 연재하는 만화가 있었습니다. 잡지는 한 달에 한 번씩 발행되는 것이 대부분이었는데 먼저 나온 잡지를 소중히 모아 보관하지 않는 한 누적된 내용을 찾아 읽는 것이 쉽지 않았지요. 전체 스토리를 연결해서 보려면 연재가 끝나고 단행본이 나올 때까지 기다려야 하는 경우가 많았습니다. 그런데 디지털 매체에서 연재되는 웹툰은 클릭 한 번으로 앞의 내용을 찾아보는 것이 가능합니다. 흩어져 있는 정보를 바로바로 확인할 수 있어서 퍼즐 맞추며 읽기가 쉽습니다.

그런데 웹툰은 책장을 넘기는 방식이 아니라 한정된 화면에서 스크롤을 하며 장면을 위로 올리는 방식으로 읽어야 하기 때문에 앞의 내용이 매우 빠른 속도로 지나쳐 버릴 수 있습니다. 그래서 『호랑이 형님』처럼 서사가 단순하지 않고 캐릭터가 다양하게 등장하는 작품은 내용을 파악하는 것에 상당한 부담이 따를 수 있습니다. 그럴 때 도움도 되고 또 다른 재미를 주는 것이 바로 '댓글'입니다.

웹툰은 디지털 매체를 기반으로 하는 콘텐츠입니다. 그래서 디지털 매체의 특성을 이해한다면 웹툰을 더욱 효율적으로 읽을 수 있습니다. 그중 하나가 쌍방향적 특성입니다. 기존의 매체에서는 콘텐츠의 생산과 수용이 대부분 각기 다른 시공간에서 이루어진 반면, 디지털 매체에서는 작가의 창작과 독자의 수용이 실시간으로 이루어지며 수용자의 의견이 생산자에게 영향을 미치는 경우도 많습니다.

이러한 수용자의 의견을 가장 즉각적으로 보여주는 공간이 댓글입니다. 댓글은 추천수를 많이 받을수록 상위에 랭크되기 때문에 양질의 댓글을 찾아보는 것이 어렵지 않아요. 댓글을 다는 독자들이 추천

수를 많이 받기 위해 수준 높은 댓글을 달려고 노력하기 때문에 내용 파악의 수준이 매우 높아서 호랑이 형님과 같이 복잡한 서사의 콘텐츠를 이해하는 데 도움이 됩니다.

> 완달은 흰산 주인 관심 없고 그냥 여진이랑 모란 흥개랑 오순도순 살려 했는데 흑룡 때매 형이랑 아버지 죽고 어쩔 수 없이 즉위한 거네⋯⋯. 말 없이 모란 흥개 두고 떠나서 흰산 주인 돼서 모란은 계속 완달이 흰산의 주인이 되기 위해서 자기들을 버렸다 생각해 삐져 있던 거고 그래서 흥개 한테 곤륜이랑 싸울 때 가지 말라 했던 거고 완달을 싫어한 게 아니라 아 버지를 너무 좋아한 나머지 배신감이 큰 상태였을 듯 그래서 재회하고 완 달이 미안하다 하니까 엉엉 우는 거고 ㅜㅜ
>
> 하얀밤(bam****) 2023-11-06 16:57 (3부 77화)

위의 글은 실제 〈호랑이 형님〉에 달린 댓글입니다. 앞의 내용을 요약적으로 제시하며 현재 벌어지고 있는 상황과 캐릭터들의 정서적 반응의 이유까지 설명하고 있습니다. 이렇게 웹툰은 혼자서 힘들게 내용을 따라가야 하는 독서와 달리 함께 감상하는 사람들의 반응을 실시간으로 확인할 수 있기 때문에 자신의 이해를 점검하고 조정하는 데 유용하고 감상을 공유하는 재미도 얻을 수 있습니다.

물론 누구나 댓글을 달 수 있기 때문에 그 내용의 질은 천차만별입니다. 아주 저급한 언어를 사용해서 불쾌감을 주는 댓글도 많습니다. 우리는 이제 그런 글들에 좌지우지되지 않고 무심해질 수 있어야 합니다. 그런 글을 쓰는 사람들은 대개 우리의 불쾌감에서 쾌감을 느끼니까요. 댓글의 이러한 문제점을 보완할 수 있는 매체가 블로그입니다.

블로그는 댓글보다 정제된 내용을 체계적으로 담아낼 수 있습니다. 그래서 운영자의 능력과 노력이 많이 필요합니다. '호랭박사'(chowind1.tistory.com/)라는 블로그 운영자는 자신이 웹툰『호랑이 형님』을 연구한다고 소개하고 있지요.

블로그의 글을 보면 연구라는 말이 어울릴 정도로 작품을 정독하고 내용 파악에 도움이 되는 배경지식을 알려주고 자신이 파악한 내용을 바탕으로 앞으로 이어질 내용을 예측하는 글도 올리고 있습니다. 그래서 웹툰을 정독하는 독자는 자신이 읽은 내용이 잘 이해가 되지 않거나 궁금한 것이 있을 때 블로그의 목차를 보고 쉽게 그 항목을 찾아 내용 이해에 도움을 받을 수 있습니다.

그리고 운영자의 예측과 자신의 예측에서 공통점과 차이점을 찾아보는 재미가 있습니다. 블로그에도 댓글을 달 수 있기 때문에 그러한 내용으로 적극적인 소통도 할 수 있지요.

블로그와 유튜브는 누구나 생산자가 될 수 있다는 점에서 웹툰보다 더 개방적인 디지털 매체라는 공통점이 있지만 글과 사진과 같은 시각 매체에 편중된 블로그와 달리 유튜브는 영상매체이기 때문에 상당히 많은 분량의 정보를 시각에 청각을 더해 전달할 수 있습니다.

우리가 같은 내용이더라도 글로 읽을 때보다 말로 들을 때 부담을 적게 느끼는 것을 생각해 보면 블로그에 비해 유튜브 콘텐츠가 수용자의 접근성이 더 높은 것을 이해할 수 있습니다. 게다가 블로그만큼이나 많은 정보를 담을 수 있어서 댓글보다 정밀한 내용을 구성할 수 있지요. 이러한 유튜브의 장점 때문에 블로그 운영자인 '호랭박사'는 동일한 내용의 유튜브 콘텐츠도 제작하고 있습니다.

이렇게 영상매체는 다양한 편집이 가능하기 때문에 독자의 흥미와 재미를 극대화하면서 정보 전달의 효율을 높일 수 있는 장점이 있습니다.

지금까지 살펴본 바와 같이 디지털 매체의 시대에는 대중이 인쇄매체의 한계를 넘어 다양한 콘텐츠를 생산하고 수용하는 것이 가능해졌습니다. 이는 표현의 자유를 확대하고 대중의 사회·문화적 지위를 높이는 긍정적 변화를 가져왔지만, 부작용도 있습니다. 표절의 위험성이 높은 이차적 저작물이 많이 나오게 된 것입니다.

이차적 저작물이란 원저작물을 번역·편곡·변형·각색·영상 제작 그밖의 방법으로 작성한 창작물로 독자적인 저작물로서 보호됩니다. 블로그와 유튜브는 적극적인 리뷰로써 〈호랑이 형님〉을 감상하는 독자들이 소통하는 이차적 저작물의 성격을 지니는 것입니다.

리뷰는 연재 중인 작품을 소재로 삼기 때문에 독자들과의 소통도 가능하지만 연재하고 있는 원작자에게도 영향을 미칠 수 있습니다. 원작자는 독자들의 반응을 실시간으로 확인하면서 자신이 생각하는 방향과 독자들이 기대하는 방향의 간극을 좁히기 위해 노력하기도 합니다.

물론 이러한 영향이 늘 긍정적인 것은 아닙니다. 디지털 매체의 특성상 구독과 평점의 영향력이 크기 때문에 원작자가 독자들의 다양한 요구에 휘둘리면 작품의 질이 떨어질 수 있기 때문입니다. 그리고 저작권 침해와 이차적 저작물의 경계가 모호하므로 논란의 여지가 있습니다. 특히 앞에서 제시한 리뷰 콘텐츠는 원작의 내용을 소재로 만들어지기 때문에 새로운 창작물로 인정할 만한가를 결정하는 기준이 주관적일 수 있습니다.

그러나 논란의 가능성이 있다고 해서 인위적으로 이러한 콘텐츠 생산을 막는 것은 지금의 매체 환경에서 가능한 일도 아니기 때문에 생산자와 수용자의 적극적인 소통을 통해 그 경계를 정교하게 만들어 나가야 할 필요가 있습니다. 윤리적 측면에서도 수용자의 역할이 매우 커졌다고 볼 수 있지요.

이렇게 생산자와 수용자의 경계가 분명하지 않은 매체 환경에서는 다양한 문제 상황이 생길 수 있습니다. 누구나 생산자가 될 수 있다는 것은 만들어지는 콘텐츠의 질이 천차만별일 수 있다는 말이기도 하지요. 댓글만 하더라도 소통을 목적으로 한다기보다는 그저 상대방을 불쾌하게 만들려는 목적으로만 쓰인 경우가 더 많습니다. 불쾌할 뿐만 아니라 위험하기도 하지요. 자칫 편향되거나 왜곡된 정보가 무차별적으로 퍼져나갈 수 있기 때문입니다.

그렇다면 우리는 이러한 매체 환경에서 어떤 생산자와 수용자가 되어야 할까요? 사실 생산자에게 실질적 압박을 행사할 수 있는 것은 수용자입니다. 악플보다 무서운 것이 무플이라는 말이 있지요. 아무리 큰 목소리로 외쳐도 아무도 귀 기울여 주지 않는다면 그 내용은 흔적도 없이 사라질 테니까요.

그러므로 우리는 전략적으로 정보를 탐색하고 비판적으로 분석하고 깊이 있는 해석을 할 수 있는 수용자가 되어야 합니다. 수용자의 정보 수용 능력이 높아진다면 낮은 수준의 생산물들은 발 붙일 곳이 없어질 것입니다.

우리는 책이든 드라마든 영화든 웹툰이든 심지어 온라인 게임까지, 우리를 둘러싼 수많은 콘텐츠를 읽어낼 수 있어야 합니다. 처음부터 완벽하게 읽어낼 수 없더라도 개의치 맙시다. 애초에 완벽한 읽기라는 것 자체가 존재하지 않으니까요. 우리의 읽기 능력에는 어제보다 나아진 레벨업이 있을 뿐입니다. 우리가 읽기를 멈추지 않는다면 우리의 레벨업은 계속될 테니까요.

독서 수업을 시작할 때마다 떠오르는 이야기가 하나 있습니다.

어느 고등학교 교실에서 있었던 일입니다. 책 읽기가 즐거운 일이라는 것에 확신을 가진 한 교사가 책 읽기 싫어하는 학생들, 더하여 책에 아예 관심조차 없는 학생들에게 대신 읽어주겠다며 책 한 권을 꺼내 듭니다. 꺼내든 책은 두껍고 번쩍거리는 표지였기에 기가 눌린 학생들은 모두 아연실색한 기색이었습니다.

'아니 저 작자가 여기서 저걸 읽겠다는 거야. 뭐야? 맙소사!'

학생들은 제 눈과 귀를 의심하면서 살다 살다 처음인 사건에 여기저기서 투덜대는 소리를 내기 시작했습니다. 지금 우리에게 책을 큰소리로 읽어주겠다는 거냐고, 책을 읽어줄 나이는 지났다고……

그래도 수업 시간에 교사가 책을 읽어주겠다고 하니 학생들은 과제나 시험과 관련 있지 않을까 하여 받아쓸 기세로 연필을 꺼내 듭니다. 교사는 어떤 책인지에 대한 사전 설명도 없이 책을 읽기 시작하고 학생들은 마지못해 듣기 시작합니다.

"18세기 프랑스에 한 남자가 살고 있었다. 그는 그 시대에 가장 천재적이면서도 가장 혐오스런 인물 가운데 하나였다. 이 책은 바로 그 사람에 대한 이야기이다. 당시에는 우리 현대인들이 상상할 수 없을 정도로 도시 어디를 가나 악취가 진동했다. 거리에선 똥 냄새, 뒷마당에선 오줌 냄새가, 계단참에는 나무 섞는 냄새며 쥐똥 냄새가, 부엌에는 배추 섞는 냄새와 역겨운 양고기 냄새가 코를 찔렀다."

교사가 읽은 책은 파트리크 쥐스킨트의 『향수』였습니다. 이야기에는 온갖 코를 찌르는 냄새가 가득했어요. 집안과 거리, 강, 광장, 교회 등 어디라도 할 것 없이 악취가 난다는 이야기였어요. 학생들은 냄새를 풀풀 풍기며 전개되는 이야기를 조금씩 듣기 시작하고, 조금씩 이야기 속으로 빠져들었습니다. 급기야 글의 내용이 웃겨서 킥킥거리는 옆 친구에게 핀잔을 주기도 하였습니다. 교사가 읽어주는 내용을 놓칠까봐요. 이야기를 듣다 잠든 학생도 있었습니다. 잠들었던 학생은 수업이 끝나는 종소리에 깨어나 묻습니다.

"그래서 그 뒤에 어떻게 되었는데요?"

다니엘 페나크의 『소설처럼』[19]에 나오는 이 이야기에서 가장 강렬하게 다가오는 한마디는 졸다가 깨어난 학생이 한 말이었어요. 그래서 어떻게 되었는데요? 책 읽기가 싫다고 손을 번쩍번쩍 들던 학생들이 냄새를 펄펄 풍기며 시작하는 『향수』의 이상하고 괴상하고 아름다운 이야기에 관심을 갖다니요.

이렇게 우리는 전혀 예상치 못하는 상황에서 어떤 인상적인 한 부분만으로도 책에 관심이 생길 수 있습니다. 책이 두꺼운가 얇은가는 문제가 아닙니다. 우연한 마주침만으로도 책과 환상적인 만남은 가능합니다. 수업 시간에 고등학생들에게 책을 읽어주던 교사인 다니엘 페나크는 침해할 수 없는 독자의 권리를 주장합니다. 책을 읽을 권리, 끝까지 읽지 않을 권리, 건너뛰며 읽을 권리 등을 말입니다. 『만만한 독서』는 이러한 독자의 권리를 존중하며 읽기에 대한 희망으로 기획하고 집필하였습니다.

어쩌면 이 책에 제시한 전략들은 평소에 여러분들이 한 번쯤은 생각했던 방법들일 수도 있습니다. 그렇다면 아주 반가운 책이 될 것 같습니다. 하고 싶었던 이야기나 생각 속에 있었던 것들을 확인시켜 준 책이 될 테니까요.

이 책이 여러분들에게 그런 반가운 책이 되었으면 좋겠어요. 이 책을 읽기 시작한 학생이라면, 읽기에 대한 관심과 읽기에 대한 고민을 해본 적이 있는 학생일 것이니 더욱 그렇습니다. '뜻이 있는 곳에 길이 있다'는 말을 들어 보았을 것입니다.

청소년 여러분의 읽기 정복이라는 뜻에 길이 되는 책이 되기를 바랍니다.

찾아보기

1. 『왜, 독감은 전쟁보다 독할까, 세계사를 바꾼 전염병들』 브린 바너드 지음, 김율희 옮김, 다른, 2011.

2. 『정의란 무엇인가』 마이클 샌델 지음, 김명철 옮김, 와이즈베리, 2014.

3. 『세상에 대하여 우리가 더 잘 알아야 할 교양 48-인플레이션, 양적 완화가 우리를 살릴 까?』 박재열 지음, 내인생의책, 2017.

4. 『세상을 바꾼 미디어』 김경화, 다른, 2014.

5. 이탈리아의 소설가·시인. 1909년 《미래파 선언》을 발표, 과거 전통에서 벗어나 모든 해방 을 목표로 하는 미래주의운동을 창시했다.

6. 『시적 정의』 마사 누스바움, 박용준 옮김, 궁리, 2013, 123쪽.

7. 『헨쇼 선생님께』 비벌리 클리어리, 선우미정 옮김, 이승민 그림, 보림, 2005.

8. 『봉주르, 뚜르』 한윤섭 글, 김진화 그림, 문학동네, 2010.

9. 『아몬드』 손원평, 다즐링, 2023.

10. 『아Q정전』 루쉰, 전형준 옮김, 창비, 2023.

11. 『그 많던 싱아는 누가 다 먹었을까』 박완서, 세계사, 2012.

12. 『퀴즈 왕들의 비밀』 E.L. 코닉스버그, 이현숙 옮김, 보물창고, 2015.

13. 『센트 반 고흐 1886, 캔버스에 유채, 38.1×45.3cm, 반 고흐 미술관

15. 시집 『붉은빛이 여전합니까』 '한 켤레의 구두', 손택수 시인, 창비시선440, 2020.

16. 시집 『사평역에서』 '구두 한 켤레의 시', 곽재구 시인, 창비, 2013.

17. 『영화수업, 마음을 사로잡는 스토리텔링은 무엇이 다른가』 알렉산더 멕켄드릭, 김윤철 역, 북하우스, 2012.

18. 『영화보기와 영화읽기』 조셉 보그스. 이용관 역, 제3문학사, 1998.

19. 『소설처럼』 다니엘 페나크, 이정임 역, 문학과지성사, 2018.